ジュニアハイスクール
D×D
転校生はサムライガール

CHRACTERS

リアス・グレモリー

駒王学園の高等部3年生で、「オカルト研究部」の部長。その正体は『紅髪の滅殺姫《ルイン・プリンセス》』の異名を持つ上級悪魔。その優しさで駒王学園に転入してきた絶花を導く

宮本《みやもと》絶花《ぜっか》

主人公。英雄・宮本武蔵の子孫で、駒王学園中等部2年に転入してきた。剣の腕は確かだが、本当は友達が欲しいだけの小心者。おっぱい好きの刀「天聖」の性格と力のせいで、彼女は巨乳が嫌いになった

アヴィ・アモン

中等部3年生。元七十二柱の上級悪魔「アモン家」の娘だが、悪魔としての才能はからっきし。剣士の母に憧れ、剣士となるため腕を磨く元気少女

リルベット・D・リュネール

絶花の転入直後にやってきた中等部2年の転入生。騎士と武士の血を引くフランス人クォーター。転入早々に、絶花を校舎裏に呼び出して……!?

シュベルトライテ

北欧出身、中等部2年で生徒会所属のゆるふわワルキューレ。オシャレ大好きなギャル。絶花の監視役。特撮番組「乳龍帝おっぱいドラゴン」の大ファン

ジュニアハイスクールD×D
転校生はサムライガール

東雲立風
原案・監修　石踏一榮

ファンタジア文庫

3402

口絵・本文イラスト　みやま零
口絵背景イラスト　デジタル職人株式会社

目次

ハイスクールD×D
KEYWORD

駒王学園

駒王町にある幼稚舎から大学まで一貫教育の私立学園。

実は悪魔・グレモリー家が運営しており、中等部校舎は初等部校舎と同じ敷地にある。異能持ちや異形の生徒が正体を隠して在籍している。

リアス・グレモリーは高等部の3年生で、旧校舎に自らの眷属を集めた部活「オカルト研究部」の部長。

三大勢力

人の願いを叶えて対価を得る「悪魔」、聖書の神に従う「天使」、天使が堕天した「堕天使」の3つの勢力を指す。

かつて勢力同士で大きな争いが起こり、現代に至るまで戦いが続いていたが、とある事件をきっかけに一部の過激派を除き、和平が結ばれている。

神器《セイクリッド・ギア》

所有したものに特殊な力を与える異能。

その能力は、種類によってさまざま。想いや願いの強さに応えて力を顕現させたり、新たな力を目覚めさせることができる。

なかでも神をも滅ぼすことができるとされる神器は「神滅具《ロンギヌス》」と呼ばれる。

英雄派

歴史や伝説に登場する英雄の末裔、その魂を継いでいる人間で、神器所持者だけで構成されたテロリスト集団。

超常の者たち相手に自らの力を試したい曹操をリーダーとして活動している。しかし、英雄派のなかには彼と行動を別にするチームも……

感謝を――
尊敬を――
挑戦を――
全ての想《おも》いをこの剣に！

Life.0

ずっと、友達がほしかった。
だけど私は目つきが悪いし、口下手で、不器用で。
なにより身に宿した異能が、みんなを私から遠ざけてしまう。
『ひからないで……ひからないで……』
教室の隅で、運動場の隅で、発表会の隅で、必死に胸を押さえて蹲《うずくま》る。
私の身体《からだ》は人と違う。周りに指をさされないように過ごしていた。
『――絶花《ぜっか》』
身近で名前を呼んでくれるのはお祖母《ばあ》ちゃんだけ。
両親も不在、いつもひとりぼっちな私を見かねて、よく面倒を見てくれた。
『――今日はご先祖様のお噺《はなし》を聞かせてあげよう』
お祖母ちゃんによると、私の先祖は有名なサムライだったらしい。
語られるのは、天下無双を誇った男の英雄譚《たん》である。
『――彼もあなたと同じ力を持っていた』

しかし男の死後、何百年もその異能は現世に現れなかったという。
『――絶花には何か、宿命のようなものがあるのかもしれないね』
お祖母ちゃんは感慨深そうにそう言い、私の頭をそっと撫《な》でてくれる。
『――大切になさい。それはきっとあなたを助けてくれる』
そうして語られた英雄譚は、最初から最後まで波瀾万丈《はらんばんじょう》だった。
自ら戦場へと身を投じ、数々の道場破りや、無人島での一騎打ち――
幼いながら胸が熱くなったのを覚えている。
もちろん異能を持った人間が、私だけでないことに安堵《あんど》もした。
彼の生み出した兵法や武勇伝、手にした富や称号にも驚嘆を覚える。
しかし一番感動したのはもっと別のことで。
『――お噺《はなし》はおしまい。これが現代まで語られる宮本武蔵《みやもとむさし》の伝説だよ』
私は、たくさんの人に認められた、その男の生涯に憧れたのである。
――彼は最強だったから人気者になれた。
――どれだけ欠点があっても力があれば関係ない。
――友達だって簡単にできてしまうだろう。
――強いって、魅力だ。

悩まされるだけだった自分の異能に、行き場が見つかったことも大きかった。
いま思い返すと、笑ってしまうぐらい幼稚な思考回路だったと思う。
『おばあちゃん』
だけど、真剣だった。
『わたし、つよくなる』
普段は上手《うま》く想いを伝えられない。
だけどこの時だけはハッキリと口にすることができた。
『さいきょうの、けんしになるよ！』
ご先祖様に負けないぐらい強くなる。
そして、たくさんの友達を作るんだ。
こうして私は剣の道へのめりこむのだった——
あれから一〇年近くが経《た》つ。私は中学二年生になっていた。
幼い頃に夢描いた通りなら、今頃はたくさんの友達に囲まれていただろう。
そして順風満帆な学生ライフを謳歌《おうか》している——はずだった。
「がっかりね」

しかし自身を取り囲むのは、十数人からなる武装集団だった。

夏休み最中《さなか》、夜を望む港の一角で、絶体絶命の状況に私はいる。

「剣豪の末裔《まつえい》と聞いて、期待していたのだけれど」

リーダー格らしい、派手な漢服の女性が前に出てくる。

「ここまで追い詰められても、表情を変えないのだけは流石《さすが》と褒めてあげる」

片膝をついて動けない私を、彼女は蔑むように見下ろす。

「でもどうして逃げてばかりなの？　神器《セイクリッド・ギア》を所持していることは知ってるのよ？」

私よりも一回りぐらい年上らしく、大人の余裕で諭すように言ってくる。

「あの力は……使いません……」

よろめきながらも立ち上がる。

「へぇ、まだそんな生意気な眼《め》で睨《にら》めるわけ」

「……この眼は、生まれつき、です」

かつては最強の剣士を目指した。

しかし成長するにつれ、自分の抱いた夢が幻想だったと気づく。

「……戦うのは……うんざりだ……」

今は戦国時代ではない、剣の腕があっても人気者にはなれないのだ。

「私は……もう……おっぱいには、振り回されない……」

なにより強くなればなるほど、あの力は高まり、余計に日常とはかけ離れていった。

「やっと……分かったんだ、私が目指すべきは最強じゃないって……」

普通の友達がほしい、そして普通の日常が送りたい、ならば答えは明確だった。

「──私はこれから、普通の人間にならなくちゃいけない」

だからどれだけ嗤《わら》われ、どれだけ傷つこうと、もうあの力は使わないのだ。

「ならなおのこと神器《セイクリッド・ギア》を出しなさい。堕天使どもより優しく奪ってあげるわよ？」

「自分の異能とは自分でケリをつけます……あなたたちのような人には渡さない……」

「青臭い台詞《せりふ》ねぇ。これだから子供は嫌いなの」

彼女は面倒くさそうに首を振ると、腰に差していた剣を抜いた。

「でもそんなに寂しいなら遊んであげる。ギリギリまで甚振《いたぶ》って殺してあげるわ」

他の者たちも、彼女に倣《なら》って武器を構える。

「──待ちなさい史文恭《しぶんきょう》」

唯一それを制止したのは、武装集団の中にいた青い甲冑《かっちゅう》騎士だった。

「わたしたち英雄派の目標は、神器《セイクリッド・ギア》を奪うことだけだったはず」

兜《かぶと》によって表情は窺えないが、声音からして凜《りん》とした人物だと分かる。

「武器を持たない者を、必要以上に痛めつけるのは仁義に反し――」

「余所者《よそもの》は黙ってなさい。それとも青騎士《シュバリエ》様もアタシに遊んでほしいわけ？」

史文恭と呼ばれた人物は、仲間の言うことを容易に一蹴してしまう。

そうして私の方に向き直り、今までで一番の邪悪な笑みを浮かべた。

「さぁて、剣豪の末裔はどんな悲鳴を聞かせてくれるのかしら」

彼女はおもむろに剣を振り上げた、そうして躊躇《ちゅうちょ》なく刃を下ろし――

『悲鳴をあげるのは貴様らのほうだ』

すると敵の意表を突くように、私の中にいる彼がいきなり言葉を放った。

「どうして胸から声が……まさか、そんなところにあるっていうの……⁉」

瞬間、私の胸元が光り輝く。

『そんなところではない、おっぱいと呼びたまえ』

おっぱいの輝きは、そのまま周囲一帯を包み込む。

そして光が収まった後、彼女たちは目撃する、私が隠していた異能の正体を。

「やっぱり噂《うわさ》通り、刀剣型神器《セイクリッド・ギア》……！」

いつしか私の右手には刀が握られていた。

「天聖《てんせい》、どうして……」

『お前にこんな所で死なれては困るからな』

私の身に宿った異能――『天聖』と呼んだ刀がぶっきらぼうに言う。

「……ようやく出したわね、宮本武蔵が所有していたという二刀の神器《セイクリッド・ギア》」

史文恭は表情を崩さないものの、頬には一滴の汗が流れていた。

「けれどもう一本の刀を出さないってのはどういうつもり？」

『今いるのはオレだけだ。アイツはどこかへ行ってしまった』

「そんな嘘《うそ》に騙《だま》されるとでも？　もしかしてお姉さんのこと舐《な》めてるのかしら？」

『無理に余裕ぶるな大陸の英雄。貴様の動揺はおっぱいから透けて見えているぞ』

天聖のあしらうような対応に、彼女は目元をひくつかせる。

「主人が情けなければ、武器も生意気ってわけ――っ！」

史文恭は感情任せに剣を振り下ろしてくる。

『――絶花、オレを使え』

刹那、意識に彼の言葉が流れてきた。

『剣がどう、戦いがどう、最強がどう、お前の想いなど敵には関係がないことだ』

現実にあるのは、目の前へと迫る刃、すなわち死である。

『それでもなお、友を作ると決意したのだろう』

武器である天聖は、冷静かつ無情に、使い手を戦《いくさ》へ導こうとする。

『お前は、このまま孤独に生涯を終えていいのか――？』

考えるより先に、身体が動いていた。

「っ！　受け止めたですって⁉」

鍔《つば》迫《ぜ》り合いにより激しい火花が舞い、衝撃によって両足が大地に食い込む。

「……ここで死ぬのは、嫌だっ」

矛盾しているのは理解している。力を手放すことを望みながら結局は使ってしまった。

それでも私は、いまだに友達の一人だってできていなくて。

「二天一流、奥義《おうぎ》三番――」

刻んだ剣術が、磨いた感覚が、憧れへの渇望《かつぼう》が、自然とこの手を動かしていた。

「――落花狼藉《らっかろうぜき》！」

敵の胸元に横一閃《いっせん》、切り裂かれた漢服が花びらのように散っていく。

「……ど、どういうこと、かしら？」

しかし彼女は倒れていなかった。血の一滴すら流れていないことに呆然《ぼうぜん》としている。

「確かに斬られて……でも身体は無傷なんて……一体どういう……」

「勝負は、決まりました」

「は？」

「私の、勝ちです」

静かに勝利宣言をすると、それを聞いた史文恭の目元が更に引きつる。

「やっぱり舐めてるなこの小娘《クソガキ》——！」

まだ勝敗はついていないと、敵は怒りに任せて直進してくる。

『Dual《デュアル》!!』

ここで握った刀からシステマティックな音声が発せられた。

「——言ったはずです、勝負はついたと」

すぐさま彼女の肉体に変化は起きた。

「あ、アタシの胸が縮む……それに力が抜けて……⁉」

史文恭のおっぱいが光ったと思うと、それは急激に小さくなっていく。

『Evolution《エボリューション》!!』

すると今度は私のおっぱいが輝き、段々とそのサイズが大きくなっていった。

そしてバストの成長と共に、天聖の放つオーラも増していくことになる。

「まさかアタシのおっぱいを、自分のものにしたっていうの……⁉」

『オレは斬った相手の生命力、すなわち乳気《にゅうエナジー》を奪う』

「にゅうえな……なぜ、おっぱい……」

『愚問だな。おっぱいなくして人にあらず。おっぱいとは生命力そのものである』

「そん、な、馬鹿、な……」

史文恭はそのまま意識を失い、地面へと倒れ込んでしまう。

天聖はおっぱいを至上とする、しかしこれこそが私の人生を狂わせた元凶なのだ。

「――また、大きくなってしまった」

かつて私は無意識に人のおっぱいを奪い、同世代にあるまじきバストサイズになった。

周囲からはデカ乳、おっぱい妖怪、シャイニングバストなどと呼ばれる始末。

だから剣の道に逃げた。強ささえあれば友達ができると信じて。

「……でも気づかなかった。最強を目指すとは多くの敵を斬るということだって」

すなわち倒せば倒すほど、私のおっぱいは成長してしまうのだ。

「……乳気《にゅうエナジー》が増えるほど、それだけ強者からも目を付けられた」

私の近くにいれば、おっぱいは光って小さくなり、戦いにも巻き込まれてしまう。

そんな人間と、一体誰が仲良くしたいというのか。

『しかしオレの力を使わなければ死んでいた。それでもおっぱいが憎いのか？』

「……うん」

おっぱいなんて、大嫌いだよ。

「私は、普通になるよ、だから……」

『オレを封じる術を探すのか、それもいいだろう』

「怒らないの？」

『主人が望むものを否定する権利はない。ただ刀が持ち主を選ぶように、おっぱいもまた人を選ぶ。お前は宿命から逃れられない』

ふと見上げると、リーダー格が倒されたことで、完全に臨戦態勢となった敵勢がいた。

「私は真っ当に生きると決めた。これを人生最後の大戦《おおいくさ》にするよ」

『つふ。最後になるかは知らんが戦となれば付き合おう』

私の胸が再び輝く。しかしそれは先ほどよりも一層強い光で。

『刮目《かつもく》しろ。これがあの男を超えるサムライ――』

天聖が高らかに口上を述べた。

『それすなわち、二刀乳剣豪《にとうにゅうけんごう》へと至る者！』

私も覚悟を決めて名乗り上げる。

「宮本《みやもと》絶花、一四歳――推して参ります！」

Life.1　嵐の転校生

世界は紅に染まっていた。

桜の花はとうの昔に散り、葉は鮮やかな赤へと色づいている。

ストロベリーやラズベリーのように甘くない。

されど、冷たい秋風に負けじと輝く木々を、私はとても美しいと思う。

「ついに来たんだ」

故郷を離れ、遠く東へ。

目の前には大きな学《まな》び舎《や》がそびえ立っている。

「ここが――駒王学園《くおうがくえん》！」

まだ明けたばかりの太陽が、門に刻まれた校章を照らす。

「私の新天地になる場所」

駒王町と呼ばれる場所に、この学園は舎を構えている。

巨大な建物、広大な敷地《しきち》、潤沢な設備、すべてが自分にとって新しい。

幼小中高に大学までの一貫校であり、地元では有名な名門校だという。

「あの話が本当なら……」

それは先月に対峙《たいじ》した英雄派という集団、彼らが会話の中で言っていたこと。

「――この学園のどこかに、神器《セイクリッド・ギア》研究者の堕天使がいる」

もし力を奪う技術があるとすれば、封印したり効果を抑える方法はないのか。

天聖のことで手詰まりの現状、真相が不確かでも縋《すが》る思いでやってきた。

『話は本当かもしれないぞ』

胸元から彼の声がする。視線を下げるまでもなく声の主は明らかだ。

「……なんで出てくるの？」

『これほどの魔境を前に、黙っていろというのは酷だろう』

天聖の口調はほんの少しだが弾んでいた。

『隠蔽の結界が張られているようだが、強者のオーラを完全に消すことはできない』

「事前に受けた説明だと、学園には色々な種族の生徒がいるらしいけど……」

『その中に龍――つまりドラゴンがいることは聞いたか？』

急な転校手続きで、そこまで詳しいことは聞いていなかった。

でも外から覗《のぞ》いた感じ、龍の巨大な翼も長い尾も、まったく見当たらない。

『オレと同じく、神器《セイクリッド・ギア》の内部に封印されているのだろう』

ということは、天聖のように普段は武器の形をしているのだろうか。

『随分と懐《なつ》かしいオーラだ。再び天龍に相まみえる日が来ようとは』

「てんりゅ……天聖の仲間？」

『まさか、神話体系も伝承形態もまったく違う』

どうやら同じ『天』でも知り合いとかではないらしい。

『天龍に挑むなら、もう一本の刀は必須だろうな』

「私は戦いに来たんじゃないよ」

『この学園ならば、もしかしたら消えたアイツの行方も分かるかもしれない』

「だから……」

『そういえば絶花、話は変わるんだが』

「す、少しは私の話を聞いてよ！」

きっと強者が多いと知ったからだろう、彼の方がやはり盛り上がっている。

「……はぁ、それで関係ない話って？」

仕方なくと折れて、半眼で胸を睨《にら》む。

『では質問する――なんなのだその格好は？』

天聖《てんせい》が指摘したのは、確かに先とまったく関係ない話だった。

「なにって駒王学園の制服だけど？　似合ってないかな？」

『見た目は問題ない。キュートだ。しかしオレが言いたいのは制服とやらの下』

「？」

『どうしてサラシなぞ巻いている』

こ、この刀、どうしてそのことを……！

『せっかくのおっぱいが小さく見えてしまうぞ』

「ち、小さく見せるためにしてるんでしょ」

だって、あんまり大きいと、皆にジロジロ見られるし……。

それに厚く巻けば、多少おっぱいが光っても、気づかれにくくなると思ったのだ。

『理解ができない。むしろ堂々とさらけ出すべきと提案する』

「さ、さらけ……却下！　できるわけない！」

『そんなことでは二刀乳剣豪《にとうにゅうけんごう》にはなれないぞ』

「その前に犯罪者になるよ！」

そもそも私がいつそんな変態剣士になるなんて言ったんだ。

転校生としてこの学園に来たのは、幼い頃からの夢を叶《かな》えるためである。

「――私は、今度こそ友達を作るんだ！」

拳を堅く作り、天聖、そして自分に言い聞かせるように声に出す。

そのためには例の神器《セイクリッド・ギア》研究者を探し、彼のことを何とかしなくてはいけない。

「まず私にできることは、どこにでもいる普通の人になること」

最強の剣士になるという夢は捨てた。

なにせ強くなればなるほど、戦えば戦うほど、余計に狙われてしまうようになる。

……ついでに言うと、おっぱいも大きくなってしまう。

だから天聖を使わないことはもちろん、今後は目立つようなことも厳禁だ。

「それに普通にしていれば、友達だって自然とできるかもしれないし」

駒王学園の人たちは、私のことをまだ知らない。

平凡な女子として振る舞えば、案外すぐ仲良くなれるのではないかと画策する。

「というわけで聞いてた天聖？　学園内で勝手に出てきたら絶交だからね？」

『承知している。そんな冷たい眼《め》を向けるな』

こうなると後は自分次第、やはり最初の勝負はクラスメイトとの顔合わせだ。

「まずは完璧な転校初日を飾る。時間通りスマートに教室に入って、もちろん笑顔は忘れず、それから名前と出身地と趣味をコンパクトに伝えて、それから――」

『……本当に大丈夫なのか』

大丈夫、シミュレーションは完璧、あとは冷静沈着に事を進めれば……。

「――ねぇ、あの子」

私の耳が背後からの会話を捉える。

チラリと視線を後方に配ると、二人組の女生徒が私のことを見ていた。

道着姿と竹刀袋からしておそらく剣道部で、きっと朝練のために早く来たのだろう。

しかし今や完全にモブを演じる私が、何か言われることはないと思うけ――

「なんでさっきから、自分の胸と喋《しゃべ》ってるのかな？」

……。…………。…………。

「ずっと校門の前から動かないし、犯罪者がどうとか叫んでるし」

「確かに変わった子みたいだけど」

「まさかあの三バカの関係者って可能性は――」

も、もしかして私、不審者と勘違いされている……？

「それは流石《さすが》にないと思うけど。でも気を抜いたらやられるしね！」

「その通りよ！　学園祭でも結局は逃げられたし、今度こそは成敗してやらないと！」

二人はそんな会話をしながら、訝《いぶか》しげにこちらを窺いつつ学園に入っていった。

そっか、私、変わった子、おっぱいと会話、一人で叫んで――……。

『行ったようだぞ。なかなか良《い》いおっぱいをした女人たちだったな』

「…………」

『絶花？』

「……………………」

『まさか今のショックで気絶しているのか？』

まるで目覚まし時計のように、胸元がピカピカと薄く点滅する。

「っは」

『起きたか。今しがた意識を失っていたぞ』

「あ、えーっと、急に眠くなって……」

『たっぷり八時間寝てきただろう』

嘘《うそ》です。いきなりメンタルを削られてフェードアウトしそうになりました。

「ほ、本番はこれからだから」

『だといいが』

「今のは油断しただけ。天聖さえ出てこなければ問題ないよ」

『オレは不安でたまらないぞ……』

先ほどから心配してくれているけど、そんな風に接されると複雑な気持ちになる。

これから封印されるかもって分かっているのだろうか？

『絶花』

「こ、今度はなに？」

『オレはお前の味方だ。敵ではない。頼りが必要ならいつでも呼び出せ』

「天聖……」

『思うがままに進め。人生山あり谷間ありだ』

「最低……」

ちょっと感動しかけたのに、最後の最後におっぱいネタを挟んできた。

なんだ谷間って、新しいことわざを作るな。

でも、彼は彼なりに応援してくれていることは伝わった。

「今度こそ失敗しない」

両頬を叩《たた》き、気合いを入れる。

胸に大志を燃やせ、おっぱいへの恨みを忘れるな。

「いざ勝負！」

こうして私は、駒王学園へと足を踏み入れるのだった——

―○●○―


「ここは、どこ……!?」

失敗しない、そう意気込んで学園へと足を踏み入れた。

しかし中等部の校舎を目指していたはずが、なぜか私は森の中を彷徨《さまよ》っている。

「うぅ、完全に迷子になった……」

人っ子一人いない。周りはひたすらに木々が生い茂っている。

「最先端の学園って聞いてたのに……というか広すぎる……」

胸元を見ながらそう呟《つぶや》くが、天聖からは何も言ってこない。

私が助けを求めるまで、本当に黙って待っているつもりなのだろう。

「早めに登校したはずなのに、もうあんまり時間もないし……」

不思議なことに、私は意識せずともトラブルに巻き込まれ、いつも遅刻してしまう。

お祖母《ばあ》ちゃんは血筋だって言ってたけど、まさか遅刻魔だったご先祖様譲り？

「………建物がある？」

木々の中を勘で歩いていると、いつの間にか開けた場所に出ていた。

そこには木造の建築物がひっそりと建っていたのである。
「昔に使われていた校舎とかかな」
人気《ひとけ》は感じない、しかし窓ガラスも割れておらず、全体的に綺麗《きれい》に保たれている。
私は不思議な魅力を感じ、思わずそれに近づいてしまう。
「でも、なにか、変……？」
しかし途中で立ち止まる。肌をピリピリとした緊張が走ったのだ。
よく目を凝らしてみると、足下に赤い線がぼんやりと見える。
それは敷地《しきち》を円状に囲っており、まるで結界のようだ。
（過去の経験を鑑《かんが》みるに、これはとんでもない事件に巻き込まれる前兆……！）
急いで立ち去るべきだと、心臓もといおっぱいから危険アラートが鳴る。
すぐさま踵《きびす》を返《かえ》し、その場から逃げようとした。
「――旧校舎に御用かしら？」
だが間に合わない。背後から何者かが声を掛けてきた。
（振り返る？　それとも走って逃げる？　どっちが正しい？）
普通の人だったらどうするかと考え……ゆっくりと振り返ることにする。
そこには声の主である、一人の女性が立っていた。

「ごきげんよう」
優雅な挨拶だった。気品のある微笑《ほほえ》みだった。
しかしそんなことはどうでもいい。
——紅。
私の目を奪ったのは、風になびく真紅の髪だった。
——なんて、美しいんだろう。
雪のように白い肌が、その髪色を更に燦《きら》めかせている。
圧倒的な美貌、そして高貴な佇《たたず》まい、その人に魅入られて動けなくなった。
森の中に迷い込んだ私は、出会ってしまったのである。
——彼女は、女神様だ。
どうしてこんなに綺麗なんだろう。どうしてこんなに魅力的なんだろう。
(それに、おっぱいも、すごく大きくて……あれ、おっぱい?)
おっぱいという言葉、それを思い出した時に私は正気に戻る。
「っ!」
蘇《よみがえ》った剣士としての本能が、私の身体《からだ》を後方へと飛《と》び退《の》かせた。
「人間、じゃない!」

不覚。わずか数秒とはいえ完全に相手に呑《の》まれてしまった。

大嫌いなおっぱいがなければ、そのまま命も奪われていたかもしれない。

「いきなり話しかけて怖がらせてしまったかしら」

距離を取った自分に、彼女は驚かせてごめんなさいと謝った。

「その様子を見ると、あなたは私のことをよく知らないみたいね」

「……今日、転校してきたので」

「あぁ、そういうこと」

不得手な会話をしつつ相手の出方を窺《うかが》う。警戒は絶対に解かない。

「つまり完全な初対面。それでなぜ私が人間ではないと?」

敵意は感じない。むしろ女性は興味深そうに質問を投げてくる。

「魔力は上手《うま》く隠しているつもり。ここへの転移にも痕跡は残さなかった」

「………」

「どうしてすぐに気づけたのか、後学のためにも教えてもらえないかしら?」

彼女の正体に疑問を持ったのは直感である。

素直に喋ったところで、こちらの不利には働かないはずだ。

「……普通じゃなかったからです」

それにヘタに隠そうとすればまた面倒事になりかねない。

「普通じゃない？」

「こんな女神様みたいな人が、現実にいるわけないと思いました」

もしも存在するとすれば、それは人間以外のなにかだ。

やっと口を開いた私に、彼女はポカンとしてしまう。

「たった、それだけの理由で……？」

「それと、おっぱいが大きかったことも理由の一つです」

巨乳はとにかく危険だ。天聖《てんせい》に倣《なら》うならそれだけ生命力が高い相手ということだし。

「おっぱ……と、とにかく、容姿だけで判断したというわけね？」

「そうです。美しすぎて人間じゃないと直感しました」

大真面目に答えた。しかし女神様の反応はというと……。

「ふふっ」

なぜか小さく吹き出してしまっている。

「ごめんなさい。お世辞でもあまりに真《ま》っ直《す》ぐ褒めてくれるものだから」

先ほどまでの高貴さは少しだけ薄れ、年頃の少女らしい笑みを浮かべている。

「……お世辞じゃ、ありません」

私は感じたことを述べているだけ。

「……外面と内面は違うものだと分かっています」

もしかしたら、この人の本性は極悪非道かもしれない。

「それでも——あなたが女神様の如《ごと》く美しいこと、それは変わらない事実です」

相手に注意しつつもハッキリと伝える。

しかしその後すぐ、あまりに言い過ぎただろうかと恥ずかしくなってきた。

「あ……ご、ごめんなさい、その、もしお気を悪くされたのなら……」

顔が熱い。人見知りのくせに一度喋《しゃべ》り始めると喋りすぎてしまうのは悪い癖だ。

そもそも容姿に触れられることを嫌がる人だっているのに。

「けして悪気はなかったんです……思ったまま言ってしまっただけで……その……」

「あなた」

いくら美しいとはいえ、それについて語りすぎて怒られるのかもと思った。

「なんだか、可愛《かわい》いわね」

「え——か、可愛い？」

しかし相手から出てきたのは予想外の言葉だった。

「私の人相はよく怖いと言われますけど……？」

「今のは性格の話よ、素直でやや天然なところ」

「……？」

「少し、彼と似ているかしら」

まるで大切な恋人のことを想《おも》うような表情でそう言う。

誰かは知らないけれど、できればおっぱい嫌いで友達が多い人だと嬉《うれ》しいです。

「――でもまさか、そんな風に見破られるなんて考えもしなかった」

話を仕切り直すように、彼女は改めてこちらをじっと見据えた。

「私の正体だけれど、半分正解、半分不正解といったところね」

答え合わせのつもりか、その身に紅のオーラを纏《まと》う。

隠していたという魔力とやらが溢《あふ》れ、世界を鮮やかな色に染め上げてしまう。

「正体は女神じゃない」

彼女は羽を広げた、それは黒い、コウモリのような。

「――私はリアス・グレモリー、悪魔よ」

天聖が魔境と言った意味が、ようやく実感できた気がする。

ここには、この人のような強者が、そこら中にいるんだろう。

剣を捨て、戦うことを避け、平和にやりすごすのは至難と言わざるをえない。

「あなたのお名前は？」

「……宮本絶花、です」

相手が実力者なのは明白、いつでも逃げられるよう更に意識を鋭くする。

「宮本？」

しかしすぐに戦闘にはならず、リアス・グレモリーは顎に手をあて何か考え込む。

「私が関与していないとするとお兄さまが……いえ、もしかすると……」

悩む姿ですら様になるというのは卑怯《ひきょう》だろう。

「そうなると、あなたもただの人ではなさそうね」

「っ――！」

「安心なさい絶花さん。争うつもりはないわ」

彼女は穏やかに告げると、ゆっくりと私に近づいた。

「なにを……」

「動かないでちょうだい」

「それ以上来ると……」

「動かない」

こういう人を、世ではお姉さまなんて呼ぶのかもしれない。

私はなぜか逆らえず、悪魔だというこの人の言葉に従ってしまう。

「――リボンが曲がってるわ」

リアス・グレモリーと名乗った悪魔は、ひどく優しい手つきでそれを直し始める。

「あの……」

「じっとする。上手に結べないわ」

「は、はい」

鼻先をかすめた紅髪は、とても甘く柔らかな匂いがした。

「これでよし、身だしなみはきちんとなさい」

「えっと、グ、グレモ……」

「リアスでいいわ」

「あ、ありがとうございます、リアス……先輩？」

そういえば制服が少し違う、雰囲気からしても年上で間違いないと思うけれど。

「さっきから気になっていたのだけれど」

彼女の手はそのまま私の胸元へと伸びた。

「り、りり、リアス先輩っ⁉」

「なにか不思議な力を感じる。本当に彼と出会ったときのような」

彼女はそっと手を下ろすと、どこか寂しさを宿す瞳で私を見つめた。

「あなたはまるで抜き身の刀のよう」

そういえば、かつて天聖も同じようなことを言っていた。

私は、冷たく、鋭く、近寄るもの全てを切り裂いてしまうようだと。

「もっと肩の力を抜きなさい。せっかく可愛いお顔なのにもったいないわ」

なぜだろう、嘘《うそ》をついているようには聞こえなかった。

「私は」

もしかしたらこの時、助言など無視して去るべきだったのかもしれない。

しかしこの学園で初めて名前を聞いてくれたこの人には。

少しだけ、本音を漏らしてしまう。

「私は、力の抜き方なんて知りません」

不器用だから。口下手だから。おっぱいのせいで心の安まる日なんてなかったから。

「これしか、知らないんです」

たとえ勘違いされ、空回りをするとしても、突き進むしかなかった。

今さらそんな風に言われたって到底無理な話で……。

「――なら、今から知ればいい」

落ち込みかけた私を、彼女は優しく強く引きあげる。

「あなたは自分を変えるために、ここに来たのでしょう？」

「それは……」

「私は知っている。人はひとりでは成長できないと」

彼女の声には熱があって、きっと色々なことを乗り越えてきたのだと伝わってくる。

「沢山の人に出会いなさい。そして沢山のことを学びなさい」

さすれば、おのずと道は拓《ひら》けるだろう――先輩の目がそう語る。

「あなたなら必ず変われる。想い続けることで夢は叶《かな》うものよ」

リアス先輩がにこやかに頷《うなず》いた。

「大丈夫、これでも人を見る目はあるんだから」

正直、正門前で不安に押しつぶされそうな自分がいた。

もしかしたら天聖と喋って、叫んだりして、誤魔化していたのかもしれない。

でもこの人に出会えて、ほんの少しだけど、何かが変わった気がする。

「じゃあ最後に、ちゃんと聞いていなかったから教えてちょうだい」

リアス先輩が真っ直ぐに問いかけてくる。

「絶花さん、あなたはこの学園に何を求めてきたの？」

ここに来るまでの、辛《つら》く厳しい毎日を思い出す。

「私は――」

でも目標はずっと変わらなかった。

「友達が、ほしいです」

ひとりぼっちは寂しい。いつも誰かとすごす日々に強く憧れた。

「一緒に勉強したり、遊びに行ったり、怖いけど喧嘩《けんか》もしてみたい、それから……」

やりたいことは山ほど出てくる、そのどれもが平凡極まりない。

きっと他人からしたら失笑されてしまうことばかりだろう。

「あなたは――」

上手《うま》く言葉が纏まらない私に、彼女は一つの答えをくれた。

「――青春を、知りたいのね」

リアス先輩が微笑《ほほえ》む。

やっぱりこの人は、私にとって女神様なんだと思った。

「――ところで、どうして旧校舎に？」

それから少し間が空いて、リアス先輩が首を傾《かし》げた。

「迷子、でして……」

私は中等部の校舎を目指していたことを告げる。

「それは見つかるはずないわね」

「どうしてですか？」

「だってここ、高等部の敷地《しきち》だもの」

「こ、高等部……？」

でもこの学園って、幼小中高大の一貫教育って……。

「それぞれ校舎は別々なの。中等部はここから数百メートル離れたところに。高等部と同じ敷地内にはないわよ」

「うっそ……」

でも、よく考えてみれば制服のデザインも微妙に異なっているわけで。

彼女の言う通り、私は最初から間違った場所に来ていたことに……。

「ふふっ、あなたってやっぱり面白いわね」

先輩は楽しそうに肩を揺らすけれど、私からしてみればそれどころではない。

「始業までは、あと一〇分ってところかしら」

「じゅ、一〇分⁉」

こうしてはいられないと、急いで中等部までの道を教えてもらう。

「早く行かないと遅刻ね」

転校初日から遅刻なんて許されないだろう。

ただでさえ人相が悪いのに、素行も悪いとなれば一体どうなるか。

「不良扱いされて……喧嘩を売られて……生活指導に呼ばれ……皆に避けられ……」

「絶花さん？」

「友達はできず、青春もできず、おっぱいに悩まされたまま孤独な生涯をぉ……っ！」

普通の人生とかけ離れた、最悪の結末が頭をよぎ——

「お、おお、おぱ、おっぱい……⁉」

気づくとリアス先輩が抱擁していた。

行為自体にいやらしさはない。しかし女神様の胸と私の胸が密着していて——

「声がまったく届いていなかったようだからハグしてみたの」

「き、気を遣っていただいて、感謝しますけど、は、はは、離していただけると……」

「そんなに強く抱いてないけれど、苦しいかしら？」

「お、おっぱいで心が苦しいです！」

先輩はまた首を傾げていたけど、すんなりと解放してもらえる。

「お世話に、なりましたっ」

「ええ。何かあればいつでも旧校舎にいらっしゃい」

私は大きく頭を下げてから踵《きびす》を返《かえ》す。

やっぱり今すぐ力を抜くなんてことはできない。

だからせめて、今この時できることを精一杯にと走り出す。

「絶花さん！」

急ぎ走り去ろうとするところで名前を呼ばれた。

振り返ると、門出を祝うかのようにリアス先輩が言う。

「ようこそ、駒王学園《くおうがくえん》へ！」

私の学園生活は、紅葉よりも鮮やかな紅髪から、幕を開けたのだった。


—○●○—


駆けろ。全力で走るんだ。一秒でも早く目的地へ向かえ。

「……あ、あった……あれが中等部……！」

リアス先輩に言われたとおり、少し走ると中等部の校舎が見えてきた。

校門を通り過ぎると、残すは長い直線だけ、このまま行けばなんとか間にあ……。

「――遅刻だよぉぉぉ！」

しかし道脇の木々から、突如として何かが飛び出してくる。

季節外れの桜が咲いたと錯覚するような、鮮やかなピンクの髪。

私の目の前に、その人はいきなり現れた。

「「え⁉」」

まさか人とぶつかるなんて想像していなかったと、お互いの声が重なる。

数秒後、ゴチンという鈍い音がこだました。

（受け身は取った！　肉体へのダメージもない！　でも――）

衝突の勢いはすさまじく、私はともかく相手が無事だとは到底思えない。

身体《からだ》を飛び上がらせると、すぐに安否確認に走る。

「び、びび、びっくりしたぁ！」

しかし驚くべき事態というか、少女は完璧に受け身を取っていた。

随分と小柄、身体も細い、しかし今の衝撃を完全に殺しきっている。

「……大丈夫、ですか？」

恐る恐る手を差し伸べると、少女はがっしりとそれを掴《つか》んで立ち上がる。

(この手……剣士の手だ……)

相手のグローブ越しでも分かる。彼女は相当に鍛え込んでいる人だ。

「ありがと！　そっちは大丈夫⁉」

「わ、私も問題なく……」

「なら良かった！　でもあたしの石頭に耐えるなんてダイヤモンド級だね！」

それは褒められているのだろうか。あるいは頭の硬度をイジられているのか。

満天の笑顔とサムズアップを見るに、たぶん前者だろうけど。

「ごめんねー。なにせ点数ギリギリで焦《あせ》っててさー」

「こちらこそ、前方不注意でした……」

お互いに石とダイヤモンドだという頭を下げ、それから彼女は声高に名乗った。

「あたしはアヴィ！　好きな言葉は元気と根気とやる気！　よろしくね！」

「み、宮本絶花です」

ふと相手の胸元を見ると赤いリボンをしていた。

(小さいおっぱい、なんて落ち着く……じゃなくて！)

注目すべきはその色だ、今さらながら相手は年上だったと知る。

「見ない顔だけど、もしかしてこの学園には来たばかり？」

きっと交友関係が広いのだろう、私に部外者の匂いを感じ取ったのかもしれない。

「今日、転校してきました」

「転校生⁉　初登校⁉　それで遅刻ギリって最高に熱いじゃん！」

豪快に笑うアヴィ先輩。

ストレートな物言いだが、悪意がまったくないので反応に困る。

「あの、アヴィ先輩は、どうしてあんな所から飛びだ――」

「あたしは……って、あああああああああああああ！」

しかし少女は何か思いだしたように突然叫ぶ。どの言葉も元気いっぱいだ。

「こんなところで喋《しゃべ》ってる場合じゃないよ！」

その人は私の鞄《かばん》と、それから自分の鞄を拾い、慌てた様子で渡してくる。

「お話はまた今度！　今は早く行かないと！」

「あ、遅刻、しますもんね」

「それもあるけど、連中がもうすぐ追いついてくるから！」

「連中……？」

彼女が答える間もなく、その意味はすぐ明らかになる。

「――見つけたぜ、問題児！」

先ほどの木々の隙間から、新しい女の子が怒号と共に飛び出してくる。

短身で乱雑なポニーテール、家紋の入った鞘袋《さやぶくろ》を背負い、腕には腕章をしていた。

「つげ、もう追いついたの⁉　早いよミーナちゃん！」

「ミーナちゃんって呼ぶな！　俺の名前は源《みなもと》だ！」

そして木立からは続々と他生徒も現れ、しかも全員が同じような腕章をしている。

彼らは源という人を先頭に、まるで訓練された軍隊のように並ぶ。

「今日こそ生活指導室にぶちこんでやるよ！」

かなり威勢が良く、ギラついた目でこちらを睨《にら》み付《つ》ける。

「あ、アヴィ先輩、どうするんですか」

「そんなの決まってるでしょー」

短い一拍を挟み、アヴィ先輩と源という人は同時に叫んだ。

「――全力で逃げるよ！」「――全力で捕まえろォ！」

命令を受けた軍隊が大きく狼煙《のろし》を上げる。

「「「うおおおおおおおおおおおおお！」」」

敵将の首を討ち取らんばかりに、こちらに向かって突っ込んでくる生徒たち。

私は考える間もなく、アヴィ先輩に並んで全力疾走した。

「こ、ここは戦国時代かなにかですか⁉」

「あはは！　ちょっと変わった普通の学園だよ！」

「全然普通じゃ……それにあの人たちは……」

「生徒会！　役職持ちはミーナちゃんだけだけど油断しないで！　捕まると大変だよ！」

彼女らの正体は中等部生徒会だという。

しかし大変って……本当に首を取られたりしないですよね⁉

「でも副会長《ミーナ》がいるなんて、ほんとにツイてない！」

アヴィ先輩は心底悔しそうに拳で拳を叩《たた》く。

「まさか裏門に待ち伏せされてるとか！　まったくとんだ策士だよミーナちゃんは！」

どうやらこの人、裏門からこっそり入ろうとしたものの、生徒会に発見されてしまったようだ。そして後ろの軍勢を引き連れて、わざわざここまで逃げてきたらしい。

（あれ、もしかして、私、また巻き込まれて――……？）

なんで一緒に追いかけられているのか。やっぱり私は遅刻するしかない運命なのか。

「――問題児どもはまとめて天誅《てんちゅう》！」

後ろで叫ぶ副会長。いつしか私も標的にされてしまっている。

「違うんです……私は不良じゃありません……どこにでもいる転校生で……」

「絶花ちゃんの眼《め》が突然死んだ!? なんで!?」

アヴィ先輩が、私の背を強く叩く。

「現実逃避してる場合じゃないよ！」

唐突に彼女が前方を指した。

「どうやら本格的にまずいみたい……！」

視線を遠く先に向けると、校舎前にはズラッと横並びになった生徒がいた。

「今日は表もガッチリ固めてきてる！」

「あれも生徒会……なんか屈強な人が多いですけど……」

「うちの生徒会は超武闘派だからね！」

当然だみたいな顔をされても、明らかに中学生じゃない人も交じってますよ！

「あたしはなんとかなるけど――」

彼女はチラリと私を見てから、覚悟を決めたように頷《うなず》く。

「このまま正面に突っ込もう！　頑張って道を作るからその間に駆け抜けて！」

「あ、アヴィ先輩はどうするんですか？」

「こっちのことは気にしないで！　気合いでどうにかするからさ！」

ピンクの髪が元気に揺れる。安心してついて来いと瞳が語っていた。

「――いつものようには行かねぇぞ、問題児ども！」

しかし事は想定通りに進まない。後方からまたも源副会長の怒号が飛ぶ。

「――止めろ、弁慶《べんけい》！」

瞬間、太陽がキラリと光った。

「っ！　アヴィ先輩！」

「うわっ⁉」

私は彼女の制服を摑み、後ろへと強引に引っ張る。

すると先輩のすぐ目の前に、何かが高速で落下してきた。

「これは……薙刀《なぎなた》？」

大きく穴が開いてしまった地面、そこに突き刺さっていたのは巨大な薙刀だった。

「あ、あぶなぁ！　ありがと、助かったよ！」

「模造刀みたいですけど、なんでこんなものが学園に……」

「中等部は体育会系で、特に武術系の部活はどれも全国トップクラスなんだよね」

「それではまったく説明がつかないような……」

「ときどき武器が飛び交って、ときどき不思議なことが起きる、これが駒王学園《くおうがくえん》だよ！」

かっこよく締められても困る。

他の一般生徒は武装していないし、いつも物騒ということはないんだろうけど。

（……生徒会だけは公《おおやけ》でも武器を使える？　もしかして生徒会は異能者の集まり？）

様々な考えが頭を巡るが、今一番の問題はそこではない。

「――ここまでだな」

つい足を止めてしまったところに、追いついてきた副会長が無情に告げる。

彼女はチラリと腕時計を見て、釣られるように私も校舎の時計を見た。

始業までの残り時間――十数秒。

「潔《いさぎよ》く投降しやがれ。今なら反省文百枚で勘弁してやる」

「そんな！　百枚も書いたら腱鞘炎《けんしょうえん》になっちゃうよ！　学業に支障出ちゃうよ！」

「そ、そう言われっと困るな。じゃあせめて五枚程度で……って、話を逸《そ》らすな！」

副会長、もしかして意外と優しい人？

「アヴィ先輩……」

常識的に考えれば、もはや教室へ時間内に到着することは不可能だ。

遅刻して不良扱いはすごく嫌だけれど、どうせ生徒会に顔は覚えられてしまった。

仮にこのまま戦闘になれば、さすがに天聖《てんせい》も動いてしまうかもしれない。

ならば投降して謝罪、とにかくおっぱいを晒《さら》すような事態だけは避け――

「行って！」

しかし彼女から返ってきた言葉は予想外だった。

「ミーナちゃんは、あたしが止める」

「止めるって……」

「玄関口の連中も巻き込んで乱闘にする。それに乗じればあるいは間に合うかも」

それは流石《さすが》に無茶だ。そもそも上手《うま》く抜けられたとしても時間が――

「諦めなければ可能性は無限大だよ！」

アヴィ先輩が力一杯に告げる。そして私を庇《かば》うように前に出た。

「遅刻なんかさせない！　今日が転校初日！　だったら最高のスタートにしないと！」

「でも、先輩も点数がどうって……反省文も……」

「それも大事だよ、けどそれよりも大事なことがあるからさ」

アヴィ先輩はニカッと破顔し、自分のおっぱいを叩いた。

いや、本当に叩いたのは己の心なのかもしれない。

「――後輩を助けられず、なにが先輩だってね！」

アヴィ先輩が構えを取った。この大人数を相手に一人で戦うつもりなのだ。

それも見ず知らずの、ただ後輩であるというだけの私のために。

「なんでそこまで……」

「困っている人を助けるのに理由なんかいらないよ！」

彼女はなんでもないように私の困惑を笑い飛ばしてしまう。

私はと言えば、せめておっぱいの秘密は守ろうと保身に走って……。

(自分が変われると想《おも》うこと、リアス先輩にそう言われたばかりなのに)

失敗しない、転校初日を完璧に決める、そう決めたんじゃなかったのか？

「絶花ちゃん！　どうか楽しい学園生活を送ってね！」

まるで死地へ赴く兵士《ポーン》の如《ごと》く、アヴィ先輩がまさに前線へ出ようとしていた。

刹那に考える、このままこの人を見殺しにするのかと。

(私はどこにでもいる平凡な中学生……でも黙ってただ逃げるなんて……)

天聖は使えない。戦うつもりもない。だけど他にできることが何かないのか。

「――いいや、道はある」

咄嗟《とっさ》に地面に刺さったままの薙刀を摑《つか》んだ。

「少しだけ、力を貸して」

武器に静かにそう念じると、刃の奥から応じる声が聞こえた気がする。

「え、う、嘘《うそ》⁉　絶花ちゃん、それ持ち上がるの⁉」

全長二メートル以上ある武器を、一気に引き抜いて構えを取る。

（これが私も、アヴィ先輩も、両方が生き残る道――）

彼女の話だと、多少なら武器を使っても、この学園では大問題にはならないはずだ。

「雰囲気が、変わりやがった……？」

副会長が眉間に皺《しわ》を寄せる。

「だが俺の武士道に後退という文字はねぇ！」

副会長がすかさず号令を上げると、前と後ろから軍団が果敢に向かってくる。

「アヴィ先輩、二年B組の教室ってどこですか？」

「二年？　もしかして絶花ちゃんの教室のこと？　あの辺だと思うけど……」

それさえ分かれば十分だ。私は担《かつ》ぐようにした薙刀に力を溜《た》める。

「一秒後、しゃがんでください」

「ど、どういう――」

「行きます」

アヴィ先輩は戸惑いながらも屈《かが》んだ。

「――唸《うな》れ」

自身を起点に、円形を描くような大振りの回し斬りを放つ。

「なんつー力技ッ！」

副会長だけはすかさず回避を取るが、それ以外は風圧だけで一気になぎ倒される。

「……すごい」

姿勢を低くしたままのアヴィ先輩が呆然《ぼうぜん》と呟《つぶや》く。

「……かっこいい……まるで…………」

なにやら褒めてくれるが、しかし技巧も能力もない、単純なパワーのごり押しである。

だけどあれだけの数に取り囲まれていた状況が、今の一発でひっくり返せた。

「道は拓《ひら》けました、行きますよ先輩」

「は、はい、今度はなに!?」

「今度も受け身、しっかり取ってくださいね」

「……へ？」

柔道で言うところの投げ、私は彼女の身体《からだ》を掴むと、勢いよく外へ弾《はじ》き飛《と》ばした。

「ちょ、ちょっと――どういうことぉ――――ッ!?」

アヴィ先輩は放物線を描きながら吹き飛び、校舎入口の方へ放り込まれていく。

叫び声を上げていたが、離れていくせいで、それも次第に聞こえなくなってくる。

「……ありがとうございました」

こんな私を助けようとしてくれて。どうか遅刻せず間に合ってください。

「──あんなヤツを救って何になる」

残るは、私と、そして副会長を含む生徒会の一団。

「だが珍しく肝の据わった後輩だ。となれば覚悟はできてんだろう？」

副会長が背負っていた鞘《さや》袋を開けようとする。

「学園で決闘は御法度《ごはっと》。まして許可なく一般生徒が武装することは認められてねぇ」

私の手の中にある薙刀を見て、お前はそうじゃないよなと口角を上げた。

「テメェだけは俺が特別に認めてやる。決闘じゃなく練習試合っつー形にするが──」

本気で殺《や》ろうぜ、そう彼女の目は語っていた。

「申し訳ないですけど、私に戦うつもりはありません」

「あぁん？」

淡々とした私の返事に、副会長は何を言っているのかという表情をする。

しかし今の自分が為《な》すべきことは、最初から一つだけなのだ。

「──それは転校初日を、絶対に成功させること！」

私は彼女らに背を向け、校舎へ向かって走り出す。

「俺に背を向け……止めろ！　必ず捕まえンだ！」

正面に残った数人が、私の行く手を阻《はば》もうとする。

「二天一流――」

ご先祖様から受け継いだ兵法、そこにあるのは攻撃の技のみではない。

風の如く走り、水の如く流れ、身のこなしだけで人々を躱《かわ》していく。

それでも唯一追いついてくる副会長、さすがは武士道がどうと言うだけある。

ならば気は進まないけれど。

「今日はこれで失礼します――ミーナ先輩」

「み、ミーナ!?　お、俺の名前は源だ！」

まさか初対面であだ名呼びされるとは思わなかったのだろう。

赤面した彼女はわずかに足を緩めてしまう。

（距離、配置、タイミング、ここしかない！）

最大加速した直後に、薙刀の先を地面へと突き刺し、身体を思いっきり浮かせた。

「跳び、やがった――？」

棒高跳びの世界記録は六メートル超という。

校舎二階にある教室は、ざっと下から六メートル程度である。

ならばこのまま、私の在籍する二年B組までは届きうる！

「何者、なんだお前は――」

副会長のその言葉を最後に、私は完全に空を飛んだのだった。

教室の窓が開いていたのが幸い。

窓のサッシへと、私はそのまま降り立つことができた。

しかも着地と同時、始業を告げるチャイムが鳴る。

「……間に、合った」

さすがに疲れた。予想外のことで身体も思考も重たくなっている。

はっと顔をあげた。間に合ったということは今からホームルームのはず。

すなわち一般的な流れなら、今から私の自己紹介をするわけだ。

「ここ、二階で……」

教壇にいた教師が、ぽかんとした顔で呟く。

上手く頭が回らず、練習してきた完璧な挨拶が出てこない。

でも黙ったらいけない、せめて名前だけでも言わないと――

「あ、あなたは」

「宮本」

教師がまたも何か言おうとしたが、被《かぶ》せるように口を開いてしまう。

しかしもう止まれない。このままの状態で名乗りを上げる。

「私は、宮本絶花！」

背後から勢いよく秋風が吹いた。

舞い込んでくる紅葉と、自身の黒髪が激しく揺れる。

「本日から、この教室でお世話になります」

私の背を押すように、風はますます勢いを増していく。

窓ガラスは軋み、掲示物は剝がれ、クラスメイトたちは目を開けるのもやっとである。

「……嵐だ。嵐が来た」

生徒の誰かが、紅の風を背負う私を見てそう呟いた。

余裕のない挨拶になってしまったけれど、今できる最高の笑顔で締めくくる。

「――よろしく、お願い申し上げます」


あの日の後日談。

ギリギリで遅刻を回避し、手短ながらもちゃんと挨拶ができたと思った。

しかしあれから学園には、あっという間に一つの大きな噂《うわさ》が流れる。

すなわち――中等部にとんでもない転校生が現れた、と。

転校初日に生徒会をなぎ倒し、たった数秒で教室を制圧した最恐の中学生。

話によると、どうやら決まったと思った表情にも問題があったらしい。

笑顔は怖く、目つきは一段と鋭くて、かつ声もドスが利いていたとかなんとか……。

宮本絶花の転校デビューは、失敗どころか大失敗を迎えたのであった。


―○●○―


結果として、先日は皆を怖がらせるような登場の仕方をしてしまった。

(上手《うま》くいったと思ったのに……)

一体何を間違えたのか、自らのふがいなさにのたうち回りたくなる。

(冷静になれ。こういう時はおっぱいを数えるんだ)

嫌いなもの、恨めしいものを思い出し、昂《たか》ぶりそうな気持ちを落ち着かせる。

「おっぱいが二つ、おっぱいが四つ、おっぱいが六つ……」

自分の席でひたすら念仏のように唱える。

「――また宮本さんがブツブツ言ってるよ」

目をつぶっているとクラスメイトの会話も聞こえてくる。

「まさか次の標的を考えてるとか」「やっぱ生徒会長？」「さすがの裏番長様でも無謀だろ」「副会長が初めて特例出したって話だよ」「でも雰囲気かっこいいよね、特に顔がいい！」「アウトローな俺様系イケメンって感じ？」「相手は女よ、あんたら正気に……」

そうこうしている内にホームルームも終わり放課後となる。

相変わらず話しかけるのも難しい状況で、このまま大人しく帰ろうと席を立つ。

「「「――た、立ち上がった！」」」

クラスメイト全員が息を呑《の》んだのが伝わってくる。

（私って四足歩行の動物か何かと勘違いされてる……？）

どうしようもないと目線を下げ、無言かつ足早に教室を去った。

「どこに行ってもひとりぼっち、か」

靴を履き替えながら小さく呟く。

天聖《てんせい》は私の忠告を守り、ずっと沈黙をしている。

それなのに事態が上手くいかないのは、やはり私の考えや行動が甘いからだろう。

「――もっと目立たないようにしないと」

高等部は穏やかそうだったのに、学部が変わるだけでこうも学園の雰囲気が違うなんて。

いくら血の気の多そうな中等部とはいえ、あの朝の件は少しやりすぎたのかもしれない。

「普通……普通……私は普通……」

改めて気合いを入れ直す。噂が落ち着くまで言動は自重しよう。

「よし！　しばらくは静かにすごし――」

「見つけたぁ！　おーい！　こっちこっちー！　あたしが来たよー！」

いきなり騒がしい声がする。なに私には関係のないことだ。

「絶花ちゃん絶花ちゃん絶花ちゃぁぁぁん！」

……いや関係はあったらしい。

玄関口を出たところ、遠くから全速力で向かってくる人物がいる。

「アヴィ、先輩……？」

「うおおおおおおおおおおおお」

「アヴィ先輩？」

「うおおおおおおおおおおおおおおおおおおおおおおおお」

「アヴィ先輩!?」

しかしまったく止まる気配がない。

勢いよく私の前を通り過ぎていき、そのまま近くにあった壁へと激突した。

「な、何してるんですか……？」

「たすけて《ふぁふへてー》ー」

黙って見ているわけにもいかず、壁にめり込んだ先輩を引っ張り出す。

「っぷは、ありがと、足のブレーキちょっと調子悪くてさ」

「先輩の身体は車か何かですか……」

「あはは！　だとすれば燃料は心かな！　永久機関アヴィの誕生だね！」

ダメだ。ぶつかったショックでおかしくなったのかもしれない。

「それで、何かご用件でも……」

するとと待ってましたとばかりに、彼女が私の両肩をガシッと掴《つか》む。

「勧誘に来たんだ！」

「勧誘？」

「絶花ちゃん、もう入る部活って決めた？」

「いえ特には……」

「よかった！　ならさ――」

アヴィ先輩は満開の笑みで言葉を発す。

「あたしと、最強の剣士を目指さない!?」

……最強の、剣士？

「最強の仲間を探してるんだ！」

……最強の、仲間？

いきなりすぎて意味が分からない。いきなりじゃなくても分からないだろうけど。

「あの時の絶花ちゃんを見てビビッと来たんだよ！」

彼女は興奮した様子で、私の肩を激しく揺らす。

「薙刀《なぎなた》持てるぐらい筋力あるし、センスもありそうだし、なによりガッツがあった！」

あまりの声量の大きさに、周りも足を止めてこちらを見ている。

しかしこの人はそんなこと気にしない。

「──絶花ちゃんの剣が、あたしには必要なんだ！」

一瞬ドキンとしてしまうような台詞《せりふ》だった。

情けない話、さっきの決意が僅かに揺らぐほどに。

「あ、まず剣を使った経験ってあるかな？　たとえば前の学校で剣道部だったとか！」

「剣道部には、入ってないですけど」

「未経験か！　でもうちは剣術初心者でも大歓迎だからさ！　下手くそでも安心して！」

「剣術、初心者……下手くそ……？」

改めて自分が言われていると思うと、つい同じ言葉を繰り返してしまう。

詳しいことは不明だけど、私のポテンシャルを買ってくれているらしい。

「な、なんだか話が進んでますけど、そもそも私は剣なんか――」

最強の剣士とは私が決別したものである。

それにもう目立つことはしないと意識し直したばかりだ。

「とりあえずは見学からだね！」

「だから、急にそんなこと言われても困るというか」

「え、もしかして放課後予定あるの？　さっそくお友達とお出かけとか？」

「………それはないです」

「なら決まりだね！」

アヴィ先輩が私の手を強く握った。そしてそのまま猛ダッシュに入る。

「え、いや、あの、待っ――――！」

「いざ行こう、我らが部へ！」

そうして私は強制連行されてしまったのだった。

もちろん止まることができず、一緒に壁へとめり込んだのは言うまでもない。

――中等部校舎から徒歩で五分ほど。猛ダッシュなら一分もかからない。

連れていかれた先は、これまた森の中にある一棟の古い建物だった。

「小さい、体育館？」

「ここは旧武道棟だよ」

「……武道？」

「むかーし、うちの剣道部が使ってた場所らしいんだ」

その口振りだと先輩は剣道部ではないのだろうか？

土足禁止らしく、靴を脱いでから中に入ることになる。

「――わ」

つい声を漏らしてしまう。

使い込まれた木床、白塗りの壁、ひんやりと冷たいこの空気。

実家にあった道場とすごく似ている。なんだかとても懐《なつ》かしい気持ちになった。

「外見はあれだけど、中はけっこう綺麗《きれい》でしょ！」

「はい、大切にされていることが伝わってきます」

床に触れると、先人たちの剣捌《さば》き、足運びが聞こえてくるようだ。

「アヴィ先輩が手入れを？」

「ときどき先生も手伝ってくれるよ。今日は会合ないっていうから後で来ると思う」

「会合……顧問の方はお忙しい人なんですか……？」

「学園では図書室の司書。けど神器《セイクリッド・ギア》の研究とかもしててそっちが特に大変みたい」

待った。今とんでもない発言がなかっただろうか。

「さてと、それじゃ絶花ちゃんを驚かせようかな」

もう既に驚いています！　まさかこんなにすぐ手がかりが見つかるなんて！

「とくとご覧あれ！」

アヴィ先輩が指を鳴らす。すると四方を囲う壁がグルリと回る。

回転扉と同じ造りだろう、おそらく異空間に隠されていたものが姿を現した。

「これは……！」

新たな壁面に掛けられていたのは無数の刀剣だった。

分厚いガラスケースに覆われたそれは、優に百を下らない数がある。

「しかも、ただの武器じゃない」

「さすが絶花ちゃん！　お目が高いね！　いよっ、日本一のダイヤモンドヘッド！」

「どこかの観光地みたいに言わないでください……」

見る目があると褒めてくれるが、明らかに禍々《まがまが》しい形のものが何本もあるのだ。

「妖刀、魔剣、人工神器《じんこうセイクリッド・ギア》、ここには古今東西ありとあらゆる刀剣が揃《そろ》ってるんだよ」

地下の倉庫には、顧問の所有物だという剣術関係の書物もあるという。

「この場所は、何なんですか……？」

部屋の雰囲気を懐かしいと言ったが、とても普通の道場とは考えられない。

いつしか私は興味をもって訊《き》いてしまっていた。

「表の活動としては、世界中にある、曰《いわ》く付《つ》きの刀剣を研究する部だね」

ならば裏はなんなのだ。先輩はたっぷりと溜《た》めてから言い放つ。

「ここは最上の武器を探し、最高の剣術を育み、そして最強の剣士を目指す場所」

私からの質問に、アヴィ先輩は胸を張って応える。

「オカルト剣究部、人呼んで『オカ剣』だよ！」

神器《セイクリッド・ギア》研究をしている者がいると手がかりは摑んだ。

だけど、どうやら私は魔境の奥地に来てしまったようだった。

「ごめんねー、お茶がなくてさー」

道場の中央に敷かれた二枚の座布団《ざぶとん》。

先に座っていると、後に来たアヴィ先輩から、奇妙なスポーツドリンクを手渡される。

「『マジカル☆スウェット』……？」

名前も変だが、パッケージには謎の魔法少女と、聞き慣れぬキャッチコピーがあって。

「これを飲めばキミも魔王級……極悪怪人にレヴィアビィィィム……？」

「高等部にいる先輩が差入れだってくれたんだー」

「ちゃんとした飲み物だと信じたいですけど……ちなみにその先輩って巨乳ですか？」

「なんで急に胸の話？　まぁあたしより少し大きいくらいかな？」

「……巨乳じゃない先輩、素晴らしいですね、では遠慮なく頂きます」

「急にゴクゴク飲むね⁉　今の話のどこに安心できるポイントがあったの⁉」

ついでに聞けばその先輩、実家が医療関係や映像関係のお仕事をしているとか。

この謎飲料も事業の一環で作ったらしい。味はちゃんと美味《おい》しかったです。

「さてと、改めて自己紹介しよっか」

彼女は背をピンと伸ばし、ハツラツな声音を轟《とどろ》かす。

「あたしは中等部三年、そしてオカ剣の部長、アヴィ・アモン！」

私もそれに応じて軽く頭を下げる。

「中等部二年、宮本絶花です」

好きな言葉は最強でした、今はもう違いますけど。

「そういえば、アモンって……」

「聞き覚えある？」

「有名な悪魔の名前だったような。先輩もそうなんですか？」

「そうだけど、え――悪魔に会ったことあるの？」

これまで様々な敵と戦ってきたこともあり、異形の存在が様々いることは知っている。

それに悪魔に関しては、転校してすぐにリアス先輩という人に会ったばかりだ。

「わ、私がそういう存在を知っていると踏んで、妖刀とか魔剣を見せてくれたんじゃ？」

「あれは勢いだよ。絶花ちゃんなら大丈夫かなーって」

「勢い⁉」

「あとは部活紹介として格好いいじゃん？」

じゃんって、私が一般人だったらどうしてたんだろう……。

「その時は気合いで信じてもらうしかないね」

すごい自信！　気合いでどうにかなるものなの⁉

「まぁ最悪の場合は、記憶を消さなくちゃいけないけどさ」

「あ。そういう便利な魔法があるんですか」

「悪魔の場合は魔法じゃなくて魔力だね。あとやるとしたら物理だよ？」

「……無茶苦茶だ、まさか殴って記憶を消すの？

「あたし悪魔としてはダメダメで、そういう器用なことはできないんだ」

彼女はなんでもないように朗らかな口調で語る。

「ダメダメ？　アモンは強い悪魔だと聞いたことがありますけど……」

「確かにアモン家は旧七十二柱の第七位。冥界でも未《いま》だに強い影響力を持ってるよ」

その家柄から、アヴィ先輩は悪魔の世界において、貴族という立場になるらしい。

では、なぜその血を引きながら……そんな疑問を彼女は察して説明をしてくれる。

「まず魔力量がほとんどないでしょー。それに魔力操作も下手くそだし。本家の出なのにアモンの特性である〈盾〉の魔力も使いこなせないっていうオマケ付き」

特性については使う気もないんだけど、と意味深な補足も入る。

「なによりも――」

アヴィ先輩は周囲を軽く見渡してから。

「眷属《けんぞく》が一人もいないんだ」

素人《しろうと》な私でも、眷属というのは悪魔にとって大事だとは聞いたことがあった。

「最弱最低の上級悪魔――それがあたし、アヴィ・アモン」

それから先輩は少しだけ身の上話をしてくれた。

悪魔としての才能がなく、眷属になってくれるような人がいなかったこと。

誰からも見向きされず、ずっと落ちこぼれとして人生を送ってきたのだと。

「でも、お母さんが剣を教えてくれたんだ」

アヴィ先輩は、一つだって悲しい顔をしなかった。

すっと立ち上がると、空いたペットボトルを剣に見立てて構える。

「魔力がなくても、特性が使えなくても、剣があれば未来を切り開ける」

先輩は剣を振るう動きを披露してくれた。

激しい言動とは真逆の、基本に忠実な努力の剣である。

「あたしの夢はね、レーティングゲームで下克上すること」

レーティングゲームというのは、悪魔世界における武術競技のようなものだという。

先輩は剣先に見立てたペットボトルを天井に向けた。

「あたしだって、やればできるんだって証明するんだ！」

そう語る先輩の目はキラキラと輝いていた。

いや、燃えていたと表現する方が正しいかもしれない。

彼女は絶望しない。ひたすら前へと進み続けているんだ。

「っと、ごめんね、あたしの話ばっかり」

盛り上がりすぎた自覚があったのだろう、アヴィ先輩が照れた様子で座り直す。

「先輩は」

「ん？」

「この場所で、ひとりで、ずっと鍛えてきたんですね」

まだ数振りしか見ていないが、先輩の剣にはちゃんと芯があった。

なにより彼女の手は努力の手、毎日鍛錬していなければそれにならない。

ただ聞いている限り、三年近くを旧武道棟で孤独にすごしたことになるわけで。

「ひとりじゃないよ」

きっと辛《つら》かっただろうと思った。しかし先輩はそれを否定する。

「小さい頃だけどお母さんに剣を教わった。それは今もあたしの中に生きている」

それに、と。

「学園では先生も指導してくれるしね」

彼女はやっぱり明るくそう言うけれど、実は見えない本心は違うのではないか。

私も剣はお祖母《ばあ》ちゃんに教わった。

だからこそ、己の実体験として、師と友は異なるものだと思うのだ。

（この人は少し、私と似ているのかもしれない）

おこがましい考えだと理解している。

彼女の太陽の如《ごと》き熱さは、私にはまったくないものだ。

それでも育った境遇、生きてきた環境に、どうしてもシンパシーを感じてしまう。

(仲間――と、そこまで思うのは失礼かな)

言葉にはしない。けれど彼女のことを他人とは思えなかった。

「絶花ちゃん、さっきから何でニヤニヤしてるの？」

「え、いや、してないですよ」

「してたよ！　なになに！　もしかしてエッチなこと考えてた⁉」

「エ――エッチ⁉　おっぱいは嫌いです！」

「あたし、おっぱいなんて一言も言ってないけど……」

それからアヴィ先輩と色々な話をした。

といっても、ほとんど喋《しゃべ》っていたのは彼女の方だけど。

それでも、自分と似ていると思えたからなのか、私の心はいつもより軽やかだった。

「――仲間を探してるって言いましたけど」

夕日が沈みかけた頃、私は先の話を切り出した。

「それって、眷属を探してる、って意味ですか？」

「うーん」

アヴィ先輩は悩ましそうに頭を傾ける。

「剣士には、やっぱり切磋琢磨《せっさたくま》する相手がいると思うんだよ」

先生の受け売りだけどね、と彼女は苦笑した。

「だから一緒に強くなろうとする仲間がほしい、あたし弱いからさ」

上達を望むならライバルはいた方がいい、まぁ私にはいなかったけど……。

先輩は悪魔として、眷属集めは自分が一人前になってからだと括《くく》った。

「それに最近はレーティングゲームがすっごい盛り上がってるから。いつかは種族とか立場とか関係なく、好きなメンバー同士で参加できる大会もやるんじゃないかな？」

「そんなに人気なんですか、それなら眷属を急いで集めなくてもいいですね」

「必ずあるって断言もできないけどね。ベロベロに酔った先生がそう言ってただけだし」

「それは……信じていいんですか……？」

その顧問の方も気になるのだが、まだ姿を現さないから仕方ない。

「で、どうかな絶花ちゃん。あたしと一緒に剣を究めてみない？」

私がほしいのは対等な友達で、悪魔の主人がほしいわけではない。

それに今さら最強の剣士など目指す必要はないのである。

「アヴィ先輩、私は――」

この人のことは仲間だと感じた、誘ってくれたことは素直に嬉《うれ》しい。

それでも、と葛藤する。

長考をした末に、私は、やっぱり断ろうと口を開こうとした。

「――入部は認められないっす」

しかし誘いを断ったのは私ではなかった。

その声の主は入口に立っている。

夕日に照らされた銀髪、整いすぎた容姿、完璧なメイクと着崩した制服。

棒についた飴《あめ》を気怠《けだる》げに舐《な》めるその様、彼女をもし一言で表すなら――ギャル！

「どもー。生徒会庶務シュベルトライテでーす」

テキトーなピースを添えて、間延びした自己紹介を決めてくれた。

また生徒会、腕章はしていないけど、リボンの色からして自分と同学年だと分かる。

「……あちらのギャルい方は、アヴィ先輩のお知り合いですか？」

「ううん、直接話すのは初めてだよ」

アヴィ先輩がよいしょと立ち上がる。

「確か北欧から来た留学生、ワルキューレだったたっけ」

「わ、ワルキュ……？」

それは伝説上の存在だったはず。この学園には本当にたくさんの種族がいるのだ。

「ヴァルキリーとは違うっすよ。あれは僕らの中でも選ばれた者だけなんで」

彼女たちの中でもエリートだけが名乗れる称号なのだという。

北欧も複雑なんだなぁ……とか、そんな悠長なことを考えている場合じゃない。

「ギャルでワルキューレ──ギャルキューレってとこだね！」

アヴィ先輩が閃《ひらめ》いたりという顔で言う。誰が上手《うま》いことを言えと。

「いいっすねぇ、今度から僕もギャルキューレって名乗ろうかなぁ」

しかも受け入れてるし……さすがギャルというか……。

「──それで、生徒会の人がどうしてここにいるの？」

アヴィ先輩が不思議そうに首を傾《かし》げる。そう本題はそれです。

「生徒会と部活連は、協定を結んでいたはずだけど」

「今回はイレギュラー、そもそもオカ剣は正式な部じゃないでしょー」

「言ってくれるね。うちのどこを見て正式な部じゃないと──」

「部員数の不足、部室の無断占拠、数々の不祥事、まさに非合法組織じゃないっすか」

不穏な単語が飛び交うので、心配になってアヴィ先輩の方を見てしまう。

「あっはっはっ！」

意味もなくとにかく声を出している。反論しないしたぶん本当なんだろうな……。

こうなると顧問だという先生も、やはり問題がありそうな人物だと疑念が強くなる。

「おたくが宮本絶花さんね」

ギャルキューレさんは眠たそうな碧眼《へきがん》で私を捉える。

「今日は柳生《やぎゅう》会長からの命令で参上しました」

「っげ、生徒会長⁉」

私より先に、アヴィ先輩が仰天という表情をする。

超武闘派だという生徒会のトップ、するとよっぽど危険な人物なのだろうか。

「僕が命じられた仕事は二つ。一つは宮本絶花を監視すること」

面倒くさそうにしながら、何でもないように情報をおおっぴらにする。

「もう一つは――」

銀色の少女の背後に、魔方陣のようなものが浮かび上がる。

「宮本絶花の、オカ剣入部を阻止すること」

魔方陣が一層輝き、肌をヒリヒリとした緊張感が走る。

「たとえどんな手段を取ってでもと、言われてます」

彼女は舐めていた飴をかみ砕いた。

「——ゆるくふわふわとテキトーに、お相手よろしくっす」


—○●○—


「ちょっと待ったぁ！」

ここでアヴィ先輩が唸《うな》る。

さすがは三年生！　後輩を守るべくガツンと言うんだ！

「ここ、土足厳禁だよ！」

違う、そうだけど、そうじゃない。

「あ、これは失礼しました」

相手も律儀《りちぎ》に靴を脱いでから、道場の中へと足を踏みいれる。

（せ、戦闘になることだけは回避しないと、ここは私が交渉を——）

アヴィ先輩に代わって、こちらに戦意がないとちゃんと伝えなくては！

「聞いてください、シュベルトラビデさん」

「シュベルトライテっす」

意気込むと空回りする、これが私という人間である。

「そんな目に見えて落ち込まなくても」

「ごめんなさい……初対面なのに名前を間違えて……」

「北欧だとそう珍しくない名前なんですけどね。ま、短くシュベルトでいいっすよ」

「シュベルト、さん……」

副会長も然り、生徒会は怖そうだけど、意外と優しい人たちだと思えてくる。

「……一つ質問が。どうして生徒会長は私にそんな目をつけるんですか？」

「詳しいことは知らないっすね。宮本さんこそ心当たりないんすか？」

「心当たり……ちなみに会長のお名前って……」

「柳生戯蝶左衛門《やぎゅうぎちょうざえもん》」

絶対知らない。そんな名前忘れるわけない。

「もちろん入部しないというなら、あえて事を荒立てる必要はないわけで」

シュベルトさんが一定の距離を保ちつつ私に相対する。

「僕としても、仕事するのメンドーっすから」

彼女に戦意はない。元々こちらとしても入部の誘いは断るつもりだったのだ。

「私は、オカ剣には入部し――」

アヴィ先輩には申し訳ないけれど、ここで取るべき選択肢は一つしかない。

「――たのもう！」

すると突然、力強い声が響いて、またも私の言葉を遮った。

（……この学園では乱入して登場しなきゃいけない決まりでもあるの？）

再びこのパターンなのかと溜息《ためいき》をつく。

そしてアヴィ先輩、シュベルトさん、遅れて私が振り返る。

入口に立っていたのは、リアス先輩と同じ制服を着た女性だった。

「……柳生会長、聞いてないっすよ」

シュベルトさんが恨めしそうに言う。もしかして知り合いなのだろうか。

「――ぜ、ゼノヴィア！　あなた先走りすぎ！」

その後からツインテールの女性が、肩で激しく呼吸しながら現れる。

「――お、おふたり、とも、速すぎですぅ」

すると今度は金髪のおっとりした少女が来るではないか。

広く感じた旧武道棟が、見る間に大所帯となってしまう。

「ちょっとは自制しなさいよ！　アーシアさんふらふらじゃない！」

「すまないイリナ。しかし一刻も早く現場に行かなくてはと」

「あの……少し、休憩を……」

金髪の少女が前のめりにバタンと倒れる。

「アーシア！」「アーシアさん！」

両者が叫び、ゼノヴィアなる人がキッとした目つきで私たちを睨《にら》む。

「よくも……！」

「「なにもしてないですけど⁉」」

私が入部するかどうかの話は、すっかり忘れ去られてしまったようだった。


「――生き返りますぅ」

例のスポーツドリンクをごくごくと飲むアーシア先輩。

小動物のように可愛《かわい》らしく、これは皆からも好かれる人だろうなと感じる。

言動も穏やかで、なによりおっぱいがお淑《しと》やか！　素晴らしい！

「そのぉ、先輩方は……」

アヴィ先輩が代表して口を開いた。

私たちに向かい合うように並んでいた三人が、それに応える。

「高等部が二年、ゼノヴィアだ！」

「右に同じく、紫藤《しどう》イリナと申します。よろしくね」

「あ、アーシア・アルジェントです！　お飲み物ありがとうございました！」

みんな美少女だが、癖が強そうというか、奇っ怪な三人組が現れてしまった。

「で、オカ研の先輩方が一体何の用っすか？」

切り出したのはシュベルトさん。いつの間にか私とアヴィ先輩の傍《そば》にいる。

ちなみにオカ研――オカルト研究部というのは、この先輩方が所属する部活のことだという。アヴィ先輩のいるオカ剣と、名前がだいぶ似ているのが気がかりだけど……。

「こんな噂《うわさ》を耳にした」

ゼノヴィア先輩は大袈裟《おおげさ》に息を払うと、真面目な顔つきで語り始める。

「中等部に修羅の如《ごと》き転校生が現れた、と」

アヴィ先輩とシュベルトさんが勢いよくこちらを向く。

やめて。見ないで。私はどこにでもいる平凡な中学生です。

「そして彼女は、瞬《また》く間《ま》に学園中を恐怖のどん底に陥《おとしい》れた」

待ってほしい、その噂には大きな誤解、というか大半が嘘《うそ》でできています。

「絶花ちゃん……」

「宮本さん……」

だからそれ以上見ないでほしい。これだと本当に私が危ない転校生みたいで――

「そうか、キミが宮本絶花か」

っう、すごい睨まれてる……！

「こらゼノヴィア、後輩にガン飛ばしてどうするの」

「先に睨んだのは転校生の方、私はそれに負けじと応戦したまでだよ」

睨んでません！　目つきが悪いだけなんです！

「……ぜ、ゼノヴィアさんは、下級生の方々に相談されたんです」

母性を感じる笑顔のアーシア先輩がフォローする。可愛い。

「どうかあの恐ろしい転校生をなんとかしてほしい、と」

……相談内容はまったく可愛くないけれど。私ってそんなに危険人物扱いなのか？

「以前からうちと名前の似た、『オカ剣』という怪しい部があることは噂で聞いていた」

ゼノヴィア先輩の矛先はついに部にまで及ぶ。

こっそりアヴィ先輩の方を見ると、わざとらしく口笛を吹いていた。

「しかし、まさか最恐の転校生がここの部員とは予想外だったよ」

私とオカ剣、最恐と不審、点と点がつながったという風に彼女は頷《うなず》く。

（部員？　私が？　もしかして勝手にメンバー扱いされてる……？）

これは本日最大の勘違いなのではないだろうか。

「……ふふ、ご愁傷様っす」

隣にいたシュベルトさんが耳元で囁《ささや》いてくる。なんで少し楽しそうなの⁉

「しかもロスヴァイセの後輩まで部員とはね」

「え⁉　僕も⁉　それは完全に間違――」

「言い訳は無用だ！」

同じく勝手にメンバー扱いされ、呆然《ぼうぜん》とするシュベルトさん。ご愁傷様である。

「噂の転校生、噂の部活、我々はキミたちの素行調査をしに来たんだ！」

どうやら猪突《ちょとつ》猛進タイプのようで、あまり話は聞いてもらえないらしい。

「だがあくまで噂と半信半疑で来てみれば、いきなり喧嘩《けんか》沙汰なのだから」

そうか、さっきまで確かにシュベルトさんとバチバチの空気だった。

「これは一度、ソーナ会長にも報告した方がいいかもね」

紫藤先輩が考え込むような仕草でそう言う。

それに血相を変えたのは私以外の二人だ。

「（ま、まずいっす！　うちと高等部生徒会はもう相性最悪で！）」

「（あたしもソーナさんに怒られるのはヤバい！　もはや部の存続危機だよ！）」

「(あ、あのー、まずは私への誤解を解きたいんですけど……)」

「「(そんなことは後回し!)」」

私だけ扱いがひどくないだろうか?

けれど三者三様でありつつ、現状がピンチだというのは全員の共通認識だ。

「——なにか弁明はあるかな?」

ゼノヴィア先輩が、お上からの奉公人の如く尋ねてくる。

「(どうするんすかこれ?)」

「(気合いで乗り切れないかな!?)」

「(だから、誤解を解けば——)」

「「(少し黙って!)」」

うぅ、泣きたくなってくる。

「あ、あたしたち」

いつまでも沈黙しているわけにはいかない。

ようやく口を開いたアヴィ先輩。頼みますから上手《うま》いこと切り抜けてください。

「あたしたちハ、レーティングゲームの、練習ヲ、してたんデス!」

お、思いっきり嘘をついた!

顔は動揺一色、声もカタコト、いくらなんでもバレるでしょうそれは。

「ほう、レーティングゲーム！」

しかしゼノヴィア先輩はなぜか感心した様子。まさか信じてもらえた……？

「喧嘩に見えたかもですけど、あれはゲームを想定した組み手っすね！」

シュベルトさんも全力でそれに乗っかった。

私を挟むように立っている二人が、お前も加勢しろと脇腹を小突いてくる。

「く……組み手？　だったと、思いますよ？」

ぎこちない笑顔で私も言う。二人は良くやったとばかりに私をまた小突いた。

「そうか、あくまで噂は噂、キミたちは健全に部活動に勤《いそ》しんでいたと」

「「はい！」」

も、もしかしてこのまま切り抜けられるのでは⁉

「でも火のないところに煙は立たないって言うし」

納得しかけたゼノヴィア先輩に、紫藤先輩がそんな助言をしてしまう。

隣でシュベルトさんが余計なことをと舌打ちした。聞こえちゃいますよ。

「あの、あまり、責め立てるようなやり方は……」

静観していたアーシア先輩が諭すように言う。優しい。きっと正体は天使とかだ。

「……ならばここは、手合わせで決めようか」

「「「「手合わせ？」」」」

数拍おいて、ゼノヴィア先輩が突然そんなことを言う。

「そう身構えなくていい。あくまで先輩と後輩の交流としてだよ。お互いの知っているもの……そうだね、模擬レーティングゲームなんてのはどうかな？」

ニュアンスとしては、命懸けの勝負というよりレクリエーションに近いのだろうか。

「時には言葉よりも、ぶつかり合う中でこそ伝わるものもある」

とても実感のこもった意見だった。それを聞く先輩二人も楽しげに頷いていた。

「つまり面倒な問答はここまで！　キミたちの真偽はゲームの中で見極めよう！」

しかし模擬レーティングゲームとは具体的に何をするのだろうか。

一応オカ剣と名乗っているわけだし、もしも剣での試合なんかになったら……。

「「やりましょう！」」

しかしこれをチャンスと見た、アヴィ先輩とシュベルトさんの反応は早い。

よほどソーナ会長とやらに関わられたくないようだ。

「っふ、決まりだね。なら模擬レーティングゲームと洒落込《しゃれこ》もうか」

満足そうに宣言するゼノヴィア先輩である。

「お姉さま方がテニスの試合をしたことを思い出しますね」

「これぞ駒王学園《くおうがくえん》、これぞ私たちって感じじゃない⁉」

こうなってしまうと、アーシア先輩も紫藤先輩も納得するのみだ。

「オカルト研究部とオカルト剣究部、いざ尋常に交流《しょうぶ》といこう！」

レーティングゲームには様々な種目があるという。

話し合いにより、今回はこの場所、旧武道棟にちなみ『武道』となった。

（まずい、まずいまずいまずい、よりにもよって武道なんて――！）

剣や徒手での勝負になる可能性は高い。それは今の私が最もやってはいけないことだ。

「そ、そういえば、審判がいないですね」

アーシア先輩が思い出したように指摘する。

「確かに、自分たちで勝敗を見極めるというのもね」

ゼノヴィア先輩は公正性が云々《うんぬん》と悩んでいる。

「じゃあ一度オカ研に戻って、手の空いている人を呼ん――」

「シドーぱいせんは、しばらく黙っててほしいっす」

「なんで⁉　というか言い方！　一応年上なんだからね私⁉」

紫藤先輩はショックという反応だが、シュベルトさんは構わず飄々《ひょうひょう》としている。

できれば、このまま中止の流れに持っていきたいところだが……。

「――なんだか面白そうなことしてるねぇ」

……はい、やっぱりこうなる。また入口から耳慣れぬ声がしました。

「あ、先生！」

「ちゃお、元気だったかいアヴィ」

アヴィ先輩が嬉《よろこ》びのあまり、腕が取れそうなぐらい激しく手を振っている。

（先生――そうか、この人が神器《セイクリッド・ギア》の研究をしているっていう――）

一体どんな人なのか、もう驚くことはないだろうと声の方へ視線を移すが。

（で、でで、ででで、でっかい……！）

彼女のおっぱいに度肝を抜かれてしまう。

「目が……目が潰れる……拒絶反応が……」

メロン、スイカ、いやそんな生やさしい表現では足りない。

「あれは全てを吹き飛ばす爆弾……名付けるなら破壊兵器ＯＰＩ……」

「さっきからなに言ってんすか宮本さん？」

先生は紫の髪をかき上げ、私たちの方へ歩んでくる。

「おや。キミは……」

まさにクールビューティー、眼鏡の奥にある知的な瞳が私を捕まえる。

「み、宮本ですが、なにか？」

「わお。いきなりのご挨拶だね」

先生は切れ長の眼《め》を、少しだけ緩ませる。

「アタシはオカ剣のなんちゃって顧問――ベネムネだよ」

なら真面目な顧問ではないのかとか、やっぱりオカ剣って問題ある部なんだなとか、そんな疑問が吹き飛ぶほど――私はその名を聞いて愕然《がくぜん》としてしまう。

「ベネ胸⁉」

「ベネムネだ」

「胸……おっぱい……つまりムネ先生……」

「あらら、聞こえちゃいない、こりゃおっぱいにしか目が行ってないね」

彼女は愉快そうに肩を竦《すく》ませると先輩方へと視線を移す。

「こちらもはじめましてだね、オカ研の三人組《トリオ》さん」

「あなたがベネムネ教諭だったか、うちの顧問から以前よりお名前だけは伺っていた」

ゼノヴィア先輩たちとも挨拶をすると、先生は事の流れを確認するのだった。

「――いよ、アタシが審判やったげる」

ムネ先生……じゃなくてベネムネ先生は、ラフな口調で了承してしまう。

かなりクールな見た目をしているが、実際は気さくで姉御肌な印象を受ける。

「でも種目が武道だからって、ただチャンバラするんじゃ面白くないさね」

「「「「「?・?・?・」」」」」

「どうせやるんだったら、やっぱり楽しくないと」

ベネムネ先生の言葉の意味は、本番になって初めて分かることになる。

「――第一試合、先鋒《せんぽう》戦のテーマは『準備体操』」

出場したのはシュベルトさんと紫藤《しどう》先輩。

二人は道場の中心で組み合っている、といっても武術的な意味ではない。

「そんなもんすか?」「ぐぬ、っこの……!」

手足が、身体《からだ》が、顔が複雑に絡《から》み合《あ》う、あえて言うなら泥沼の試合だ。

「なんでツイスターゲーム……?」

先生からはパーティーゲームの一種だと説明を受けた。

しかし二人の女性が組んずほぐれつ、これのどこに準備体操の要素があるのか。

「ツイスターの道具を残していて正解だった。前はアーシアがうさ耳コスでやって……」

「はうぅ、言わないでください！」

ゼノヴィア先輩とアーシア先輩は平常運転。なんなら思い出話で盛り上がっている。

(どうして⁉　学校でこのツイスターゲームっていうのおかしくないですか⁉)

誰もツッコミを入れないことが不思議でたまらない。

そんな私の疑問を察したのか、近くにいた先生が解説をする。

「武道において準備は欠かせない。安全のため身体をほぐしておくことは特に重要だよ」

それはもっともである。否定する余地はない。

「その上で楽しくやれたら上々、だからこのゲーム形式にしたのさ」

なるほど。ふざけているようで意外に考えられているのだなと感心する。

「それに……若い女の子が組んずほぐれつって……くく、最高じゃないか……」

数瞬だが先生が邪悪にニヤついた。そして私だけがそれを目撃する。

(ち、違う、本当はこの人、私利私欲でツイスターを⁉)

僅かとはいえ見せた天聖《てんせい》と似たスケベな言動。

私の直感が、彼女は要注意だと警鐘を鳴らす。

「なん、って、そんな柔らかいのよ……！」

「先輩の胸も柔らかいっすよ？」

「わ、私が言ってるのは身体の話で……ちょ、どこ触って……！」

「あー、不可抗力っすー、重力か何かが働いてー」

そう言いつつも、シュベルトさんは先輩の逃げ道をなくすように動く。

驚くべきはその圧倒的な柔軟性、人の可動域を限界領域まで使えている。

（すごい、けど……目のやり場が……）

対する紫藤先輩はブリッジ体勢になっている。なぜそうなった。

（けど、なんて張りの良《い》いおっぱい……天を向いてなお形が崩れない……！）

サイズ感はゼノヴィア先輩ほどではないが、見えない基礎がしっかりしているのだ。

柔軟性のシュベルトライテ、弾力性の紫藤イリナ、すさまじい対決である。

「後輩に、負ける、わけには――」

「甘いっすよ――」

紫藤先輩も負けじと動くが、シュベルトさんがその一歩先を行く。

「あ、あなた、そこは触っ――っきゃ！」

シュベルトさんの手が、移動する途中で紫藤先輩の胸を掠《かす》める。

彼女はぶるっと身体を震わせ、甲高い声を上げて体勢を崩してしまう。

「う、うぅ……もうお嫁に行けない……」

仰向けのまま顔を両手で隠す先輩。いやお嫁に行けないことはないでしょう。

「すんません、僕これでも天才らしいんで」

「謙遜してるのか馬鹿にしてるのかどっちなのよ！」

「もち先輩にはリスペクトしかないっすよ。なにせ相手は天界のA《エース》ですから」

「あなた……」

「ただツイスターについては、A《エース》どころか補欠級っすけど」

「やっぱり馬鹿にしてるじゃない！」

なんやかんやと意外に楽しそうな二人である。正直少し羨ましい。

「勝者、『オカ剣』シュベルトライテ！」

「ま、順当っすね」

そうして高らかに宣言する先生、これでまずは一勝である。

「——それでは中堅戦、テーマは『礼儀作法』！」

しかし先から変わったお題ばかりである。

「武道において礼儀作法は大事、うん、本当に大事なんだよ、これは間違いない」

口振りがどうにも嘘《うそ》くさいが、剣での試合がないのはありがたい。

「私もこのあたりで……」

「待って絶花ちゃん！」

前に出ようとする私をアヴィ先輩が制止する。

「ここはあたしが出る！」

「い、いやぁ、私が出た方が……次は大将戦ですし……」

「これでも約三年この道場ですごしたんだよ？　礼儀作法もバッチリ！」

勝率がより高い方が出た方がいいと言う。私も道場育ちだが今さら言えない。

「絶花ちゃんは武道について初心者だし、礼儀作法なら経験年数的にあたしが適任だよ」

「ま、部長さんでいいんじゃないっすか？」

というわけで、第二試合が開始してしまう。

こちらからはアヴィ先輩、相手はアーシア先輩である。

そして肝心の礼儀作法の内容はと言うと……。

「──どうぞ」

正座したアーシア先輩が椀《わん》を差し出す。

「……なぜ茶道？」

もう武道じゃない！　完全に道が違う！

しかも畳や茶道具まで用意して、とりあえず受け取って飲むけれど……。

「茶道には、日本伝統の礼儀作法が凝縮されているのさ」

ずずっと啜《すす》る先生である。確かに礼儀作法の極みみたいな文化だけどさ。

「……あと金髪美少女が淹《い》れたお茶って……くくく……」

お聞きになっただろうか今のセリフ。

(この人！　やっぱり私利私欲だ！　いかがわしいことしか考えてない！)

疑念が確信に変わる。一度釘《くぎ》を刺しておいた方がこの後のためだろうか。

「あの、お口に合いませんでしたか……？」

きっと考え込んだせいだ。心配そうにアーシア先輩が覗《のぞ》き込んでくる。

「なんだか、怖い表情をされていたので」

「えっと、元々こういう凶悪な顔なので、お茶、す……すごく美味《おい》しかったです」

今日ほどこの人相で良かったことはない。結構なお点前《てまえ》でしたと頭を下げる。

「良かったです。お口に合ったようで安心しました」

ニコッと笑うアーシア先輩。なんだか照れてしまって目が合わせられない。

「……ふう、朱乃《あけの》さんに教わっていて助かりましたぁ」

安堵《あんど》の溜息《ためいき》をつくその姿すら絵になるほど可愛《かわい》い。

できることなら、そのままおっぱいも成長しないでほしいものだ。

アーシア先輩が終わると選手交代、道具等を一度リセットしてから、満を持して我らがアヴィ先輩の出陣なのだが――

「わ、わわ、わ！」

始まって早々に慌ただしい。とにかく手つきが危なっかしいのだ。

しかも挙げ句の果てには、開始して数秒で沸かす前の水をこぼしてしまい。

「きゃあ!?」

……アーシア先輩にぶっかけた。

「びちゃびちゃですぅ……！」

「さすがアヴィ！　それでこそアタシの弟子！」

怒るどころか絶賛している先生。勝手に写真撮ってるし。

（……私は一体なにを見させられてるんだろう？）

カオス極まりない光景に困惑するしかない。

「勝者、『オカ研』アーシア・アルジェント！」

「や、やりました！」

最後に先生が勝敗を下すが、まぁ文句のつけようのない決着である。

「っく！　ごめんみんな！」

床を拳で叩《たた》くアヴィ先輩。この人とてふざけていたわけではないのだ。

（……けど、この流れはありがたいかも）

一勝一敗と逼迫《ひっぱく》しているが、勝負の内容自体は遊びがほとんど。

ここまでツイスターにお茶と、武道に関係ありそうで微妙なものが連続した。

多少は恥をかくかもしれないが、剣でやり合うよりはよっぽどマシだ。

「さて大将戦だけど、お題は『剣術』だよ」

……剣術？　あれ？　私の聞き間違いかな？

「小難しいルールはこの際なし。先に一本を取った方が勝ちとしよう」

しかし私の期待を裏切るように、先生は得意げな表情で告げる。

「最後の最後は王道に、やっぱり剣で決めないといけないだろう――？」


―○●○―


壁際《かべぎわ》で集まる私たち三人。

対戦相手のゼノヴィア先輩たちも、反対側で防具をつけながら作戦会議をしている。

「試合……剣……斬り合い……普通……おっぱい……」

「しゅ、シュベちゃん！　絶花ちゃんの意識がまた飛んでるけど⁉」

「頭に魔法《バフ》かけてもダメっぽいっすね。おーい宮本さーん」

二人の声が遠くに聞こえる。緊張もあるが虚無感の方が強い。

「もうすぐ試合だっていうのに、防具もつけられないってマズいっすよ」

「どこかにやる気MAXになりそうなスイッチない⁉」

「機械じゃないんすから、人にスイッチなんてついて――あ」

ギャルの頭上に電球が光る。

「そういえば、おっぱいドラゴンの物語にはいたっすね」

銀髪と碧眼《へきがん》が、こちらを覗き込むように近づいてくる。

「いきなりつつくのは気が引けるんで、挨拶代わりにまずは一揉《も》みしてみますか」

そう言うと、シュベルトさんの両指がしなやかに曲がった。

彼女の指が、服の上から大胆に私のおっぱいを揉んで――

「お……」

「目覚めた⁉」

「おっぱ、ぱぱぱ、おっぱぱぱぱぱぱぱぱぱぱぱぱぱぱぱぱぱぱぱぱ」

「目覚め……た？」

傷口に塩を塗られたような、弱り目に祟《たた》り目にあったような。

ぞわぞわと全身の身の毛がよだつような感覚が走る。

「っう、私は一体……」

「目覚めた！　ね！　やる気MAXスイッチあったでしょ!?」

「人の身体《からだ》って不思議っすねぇ」

スイッチ？　MAXって？　私のテンションは死にかけですけど？

「絶花ちゃん、もうすぐ試合始まるよ！」

「あ、はい、分かってます、よ？」

「まだ気絶ボケしてるっすね。ほらバンザイして。防具着せてあげるっすから」

シュベルトさんは私のブレザーだけを脱がし、手際《てぎわ》よく防具を着けてくれる。

アヴィ先輩は、手に山盛りの竹刀を抱えて持ってきてくれた。

「使うのは一本だけっすよー？」

「甘いねシュベちゃん！　こういうのはあればあるほど嬉《うれ》しいものだよ！」

そんなお金みたいに言われても困ります。

「――いいっすか宮本さん、これは手合わせとはいえ勝負です」

防具装着、竹刀一振り装備、私たちは頭を突き合わせ作戦を編んでいた。

　といっても、基本的に喋《しゃべ》ってるのは私以外の二人だけど。

「そしてゼノヴィア先輩の実力は本物。リアルに考えたら僕らの敗北は確定してます」

　いきなりズシンと来るアドバイスである。

「宮本さんがビギナーだってことは、部長さんに聞きました」

　その上で勝ち筋があるとすれば、と結論を出す。

「それは逃げと防御に徹すること。ひたすら我慢して隙ができるのを待ちます」

「でも絶花ちゃんのパワーもすごいんだよ？　ここぞという時のあの勝負強さ！」

「宮本さんの腕力は知らないっすけど、あの人の剣は力の剣です。先輩として手心は加えてくれるでしょうけど、正面からやり合ったところでガチ勝算ないですよ」

　シュベルトさんはテキトーなようで、とてもロジカルに事を説明する。

　しばらくすると先生から集合を告げられ、二人が勢いよく私の背を押した。

「とにかく気合い！　でも無理はしないでね！」

「死なない程度の怪我《けが》なら後で診てあげるっすよー」

　結局は戦うことになってしまうのか。どん底の気分で道場の中心へと向かう。

「二刀流……？」

　既にゼノヴィア先輩は仁王立ちで待っていた。

しかし目を見張るのは、彼女が両手に備えた二本の竹刀である。

なんで、どうして、そんな疑問など知らない先生が口を開く。

「試合時間は無制限、先に一本取った方を勝ちとしよう」

仕切り直しはなし、ひたすら戦い抜くオリジナルルールである。

「よろしく頼む。良《い》い試合にしよう」

「あ、よろしくお願いします……」

礼儀正しい先輩に合わせ握手をする。とても力強い手だった。

「——では両人、構えて」

落ち着け。戦うことになったとはいえあくまで手合わせ。殺し合いではないのだ。

全力を出す必要もない。シュベルトさんが言った通り手加減もしてくれるはず。

「————試合、始め！」

ついに下される開始の合図。まずは相手の出方を窺《うかが》おうと中段で構える。

「……いない？」

しかし開始と同時、ゼノヴィア先輩の姿が消えてしまう。

「——絶花ちゃん！　下っ！」

後ろでアヴィ先輩が叫んだ。

視線を下方へ、そこには深く沈み込み、抜刀のモーションにある先輩がいた。

（い、いきなり正面突破⁉）

反応が遅れながらも、なんとか初撃を回避する。

空を切った竹刀が、耳元で激しい風斬り音を立てた。

「よく避けた！　だが――！」

ゼノヴィア先輩は、もう一方に持っていた竹刀を振るう。

「っ⁉」

顔面へ一直線。気づいた時には、正面から竹刀で受け止めてしまった。

しかし衝撃を吸収することはできず、私はそのまま後方へ吹き飛ばされてしまう。

（なんてスピード、なんて威力……！　これで手加減してるの……⁉）

床に何度か転がりながら、力の剣と呼ばれていることを理解する。

「良い目を持っている。あの初手に反応されるとは」

眼上にそびえるは二刀流の剣士、彼女は素直に感心しているようだった。

「素直に……感心……？」

心の片隅に火がついたような感覚。この私が他の二刀流に案じられたという悔しさ。

（――ダメだ。落ち着くんだ。数えろ、おっぱいが二つおっぱいが四つ……）

自分の目的を思い出せ。こんなところで熱くなってどうすると自制をかける。

「さて」

なんとか上体を起こした私に、先輩は闘志を宿して構えを取る。

「キミはどこまで付いてこられるかな？」

再びゼノヴィア先輩の姿が消える。

否、消えたわけではない、それはあくまで足が速いというだけのことだ。

「右……!?」

次第に研ぎ澄まされていく感覚器官、視界の端にブルーの閃《ひらめ》きが映る。

「これも見切るか！」

猛烈な勢いで繰り出されてくる二刀の嵐、それをなんとか受け流し躱《かわ》していく。

「まるで風だな！」

しかし完璧に避けることはできず、次第に細かく傷を負うようになっていった。

一本は取られていないにしろ、展開的には防戦一方と言える。

「――絶花ちゃん！　前に出て！」

「――無茶言わないでください、素人《しろうと》なら十分やれてる方っすよッ」

二人の檄《げき》が飛び交うが、それよりも相手の剣の勢いが激しすぎる。

「――い、イリナさん。少しやりすぎていませんか？」

「――ゼノヴィアったら、なんか熱くなってきてるわね」

だがようやく僅かな隙があっても、戦いを避けたいというブレーキが剣を鈍らせる。

「……今、見逃された……!?」

そんなことが続くと、さすがにゼノヴィア先輩も違和感を持つ。

いつまでもカウンターが来ないことに困惑しつつも、勢いを緩めずに迫ってくる。

「これまで何度も狙えたはず！　なぜ突かないんだ!?」

「っ……」

「さっきから守ってばかり！　それでは私に何も届かないぞ！」

彼女の右手に強い気が集まる。

「剣士ならば、攻めてみろ！」

この戦いの中でも、最も速く重たい一撃が襲いかかる。

避けることが間に合わず、またも真正面から剣で受け止めてしまう。

「っ――!?」

最初と同じ展開。私は勢いよく後方へとなぎ倒されていく。

「……っは……はぁ……はぁ……」

手元に視線を移すと、私の竹刀は折れていた。

また何度も転がったせいだろう、頭部を覆う面も外れてしまっている。

「絶花ちゃん！」

近くで見守っていたアヴィ先輩が、おもわず傍《そば》へ駆け寄って来てしまう。

「――どうして頑《かたく》なに攻撃をしない？　キミには見えているんだろう？」

膝をついて視線を落としたままの私に、目の前の剣士は鋭く指摘をする。

「ゼノヴィア先輩、絶花ちゃんは……」

「すまないが、私は彼女と話さなくてはいけない」

先輩は少しだけ語気を強めて言う。

「確かにこれは殺し合いではない。それでもやる気がなくては意味がない」

力不足だとか、手加減だとか、そういう次元の話ではない。

相対するこの人は見抜いている――私がまともに勝負をするつもりがないことを。

「本当に、このまま棄権するのか？」

きっと真《ま》っ直《す》ぐな人なんだろう、私のためなんかに怒ってくれている。

（でも、しょうがないじゃん、だって私、普通になりたいんだもん）

もともとオカ剣に入部するつもりもなかった。

（これも、周りに流されて、やるしかなかっただけで）

この戦いに本気になって、もし勝ったとして、それにどんな意味があるって――

「私はかつて、ひとりぼっちの剣士だった」

すると私の想《おも》いを読んだように、ゼノヴィア先輩がポツリとそう漏らした。

「剣しか取り柄のない人間だ。教会の戦士として上が命じるままに戦っていたよ」

彼女はおもむろに紫藤《しどう》先輩とアーシア先輩を見つめた。

「けれど大切な友達ができたんだ。私はそんな皆を守りたいし期待にも応えたい」

きっと、それが彼女の戦う理由なのだろうと感じた。

「……ゼノヴィア先輩には、大事な人がいるんですね」

羨ましい限りだ、だけど、私には、そんな人――

「キミにだって、いるじゃないか」

先輩の視線が、私の身体《からだ》を支えようとしてくれている少女へと移る。

「アヴィ・アモンは、キミのことを大切に思っている」

「私の、ことを……？」

「そうでなければ、震えながら私の前に立つものか」

初めて傍にいたアヴィ先輩のことを見る。

彼女はまるで私を守るように、ゼノヴィア先輩の前に立っていた。

「アヴィ、先輩……」

この光景を見たのは今だけじゃない。

――困っている人を助けるのに理由なんかいらないよ！

彼女は出会った時から、見ず知らずの私のために、生徒会にも立ち向かおうとした。

――絶花ちゃんの剣が、あたしには必要なんだ！

そして、こんな臆病な私を、仲間に誘ってくれたのだった。

「キミは立ち上がるべきだ、彼女の想いに応えるべきだ」

ゼノヴィア先輩の声が情を帯びる。

「私に難しいことは分からないし、正直分かるつもりもあまりない」

それでも、と彼女は締める。

「大切な人がいて、目の前に相手がいる――剣士が戦う理由などそれで十分だろう！」

小細工のない愚直すぎる言葉、だからこそ私の心は突き刺される。

そして穿《うが》たれた胸の奥からは、なにか熱いものが溢《あふ》れて私を満たしていく。

「ぜ、絶花ちゃん？　無理に立つと……」

「ごめんなさいアヴィ先輩、私、やっぱりまだ、戦わなくちゃいけません」

自分の中にあった鎖が少しずつ外れていく。

試合が始まる前、アヴィ先輩がたくさん持ってきた竹刀の山。

私はそこから二本拾って、ゆっくりと彼女が待つ戦場へ向かおうとする。

「み、宮本さん！　頭に防具をつけるの忘れてるっすよ！」

「必要、ないです」

もはや逃げ回る必要はない。そもそもあったところで無駄になってしまう。

「アヴィ先輩、私、なにも分かっていませんでした」

「絶花ちゃん……」

「もう遅いかもしれない。それでも見ていてくれたら嬉《うれ》しいです」

それだけ言い残すと、両手に竹刀を構え、目の前の剣士と相対する。

「ゼノヴィア先輩、ありがとうございました」

「私は思うがままに言っただけ、感謝されるようなことはしていないさ」

気にするなと彼女は肩を揺らす。

「ここからは、本気で行きますよ」

「ああ！　どんと来い！　全力で受け止めよう！」

私たちの視線が、ようやく真っ直ぐにぶつかった。

内に溜《た》め込んでいた気を、あますことなく解き放つ。

全身をオーラが駆け巡り、身体を覆っていた防具が耐えきれずはじけ飛ぶ。

「闘気⁉」

紫藤先輩とアーシア先輩が驚いた声をあげる。

「――ぜ、ゼノヴィアさん！」

「――サイラオーグ・バアルさんと同じ力！　彼女ただの剣士じゃない！」

もちろん気を当てられた本人が分かっていないはずもない。

「言われなくとも、そんなことは最初から理解しているさ！」

ゼノヴィア先輩もまた二刀を構える。

「結界は張ってある。このまま試合再開といこう――！」

これまで黙っていた先生が、待っていたとばかりに開始の合図を切る。

すると間髪を容《い》れずに、ゼノヴィア先輩が真っ直ぐに向かってきた。

「――絶花ちゃん！　避けて！」

しかし回避する気配のない私にアヴィ先輩が叫ぶ。

だがその先に響いたのは、悲鳴でも苦悶《くもん》の声でもない。

「私の剣を正面から凌《しの》ぐか……！」

ゼノヴィア先輩が目を見開く。

彼女の竹刀は私の二刀によって完全に止められていた。

（アヴィ先輩が助けてくれた、守ってくれた、ならせめてこの勝負だけは――！）

隙を逃すことはもうない。すぐさま強烈なカウンターを放った。

「私が勝つ！」

強化された竹刀と四肢は、容易に先輩を数メートル後方へと後退させる。

壁に半ば打ち付けられ、派手な音を鳴らすが、すぐに先輩は起き上がってきた。

「……お返しというわけだ、防御が間に合わなければ危なかったかな」

ゼノヴィア先輩は構わずに防具を脱ぎさってしまう。

「これで条件も同じだ」

お互い制服一枚、ほぼ生身での試合になる。

「しかし剣術も私と同じ二刀流とはね」

「同じじゃ、ありません」

「なに？」

「私の二刀流こそが、最強の二刀流です」

それを聞いたゼノヴィア先輩は、心底嬉しそうな表情を浮かべる。

「なら、どちらが真の二刀流かここで決めるとしよう！」

両者の剣が再び交差する。しかし先ほどと異なり剣戟《けんげき》は互角だ。

拮抗《きっこう》を破るべく死角から走り込むが、先輩は完璧に対応して剣を振り下ろす。

「二天一流、藪蘭《やぶらん》！」

だが斬られたのは私の影だけ。まるで陽炎《かげろう》の如《ごと》く塵《ちり》と消える。

「残像か⁉」

本物の私は背後へと回っている、もはや避けられるタイミングはない。

しかしだ、私の剣もまた幻影を斬ったように空を切ってしまう。

（姿が消えた？　透明化？　転移？　いいやそういうのじゃない……！）

これはもっと単純な、これまで以上の、超スピードによる高速移動だ。

「――まさか、悪魔の駒《イーヴィル・ピース》の『騎士《ナイト》』の特性を使うことになるなんてね」

彼女の身体は魔力を纏《まと》っていた。

あまりに基礎能力が高いと感じたが、どうやらその正体は悪魔だったらしい。

しかし今の私の目と足が、追いつけない速度ではないだろう。

「楽しくなってきたな！」「この勝負だけは譲らない！」

そして幾たびも斬り合い、お互い身体に小さな裂傷を負っていく。
決着の時は遠くない、しかし先に音を上げたのは私たちの身体でなくて。
「「――!?」」
中央で鍔迫《つばぜ》り合《あ》った瞬間、互いの竹刀が折れてしまった。
闘気と魔力、武器の方がその負荷に耐えきれなかったのである。
(このまま引き分け!? そんなことはさせない!)
私が勝つ。しかしその想いはゼノヴィア先輩も同じである。
もはやこれは誰にも止められない、どちらかが勝利するまで勝負は続くのだ。
(新しい竹刀――取りに行く暇はない――早くなにか武器を!)
視界の端に、壁へ掛けられた無数の刀剣が映る。
魔剣だろうが妖刀だろうが構わない、とにかく戦う力をこの手へ。
「来い、エクス・デュランダル――!」
しかし先輩はわざわざ壁面になど向かう必要はない。
短く詠唱すると、空間を切り裂くように何本もの鎖が走った。
(先手を打たれた、異空間からの武器召喚、だけどあれは――!)
ゼノヴィア先輩の手には、およそ伝説級と呼ばれるような剣が握られていた。

しかも既にこちらに迫ってきている。

もはや新しい武器を取りに行くどころではなく、そもそも並の剣では太刀打ちできない。

だったら、だったら、この人に勝つためには――

「来て！」

私は自身に課した制約を超え、迷うことなく叫んでいた。

「天聖《てんせい》――ッ！」

輝きが、力が、おっぱいが、封じてきたもの全てが解き放たれる。

「胸が光っている……!?」

ゼノヴィア先輩が足を止める。その理由は輝きだけではない。

「――ゆ、揺れが、地震っすか!?」

「――そうじゃないよ！　これは！」

ゼノヴィア先輩が目線だけで辺りを見渡して理解する。

「剣が怯《おび》えている、のか――？」

部屋を揺らしていたのは、壁に飾られていた無数の刀剣たちだ。

お祖母《ばあ》ちゃんが教えてくれた、どんな武器にも意思は宿っているのだと。

そして彼らは知った、私という剣士を、私が持つ『天聖』という名の刀を。

『――待ちかねたぞ』

威厳のある声がした。

シャツが破け、サラシが破け、白帯が風と共に流れていく。

世界を照らすは金色の粒子、胸から封じられていた彼が現れる。

「「「「おっぱいから刀⁉」」」」

皆が驚くのは当然だろう、私は構わずに谷間から彼を引き抜いた。

「天聖！　私は！」

『釈明なぞいらんさ。ただ勝ちたいのだろう？』

「うん、私はこの人に勝たなくちゃいけない！」

『伝説の聖剣、そして美乳の剣士、相手にとって不足なしだ』

私は切っ先をゼノヴィア先輩へと向け走り出す。

「「――はぁッ！」」

超高速領域での攻防に、激しい火花が散っていく。

「刀剣型の神器《セイクリッド・ギア》、二本目はないのかな……！」

「先輩こそ、その武器、分離させなくていいんですかっ！」

「なぜそれを……」

「見れば、戦えば、剣の意思は伝わってきます！」

彼女の武器はおそらく二つ以上の刀剣が合体したものだ。

ならば能力も複数あると考えるのが妥当だろう。

（もっと、もっと力がいる！）

エクス・デュランダルと呼ばれたそれは天聖とも張り合う。

せめて一太刀浴びせられれば活路があるのだが、そう上手《うま》くは決まらない。

思わず奥歯を噛《か》みしめると、口の中に血の味が滲《にじ》んでくる。

「血——赤——これって——！」

すると、いつのまにか内にあったとある力を自覚する。

走馬灯のように思い出すのは、真紅の女神と出会った時のことだ。

あの朝、抱き合って、そして彼女の胸が、私の胸に密着して——

「天聖！」

『Evolution《エボリューション》!!』

迷っている暇はなく、私が命じると彼が即座に反応した。

天聖の能力は『簒奪《さんだつ》』だ。

第一は『Dual《デュアル》』により、相手の生命力を奪って己の中に蓄《たくわ》えることができる。

第二に『Evolution《エボリューション》』で、蓄えたその生命力を、自然治癒速度の向上や闘気へと変換するのだ。

しかしなにより特出する点は、奪うことができたのなら、その相手の能力を一度だけ再現できるということにある。

私は自身のおっぱいに蓄えられていた、彼女の能力を具現化した。

「あ、あれは、リアスお姉さまの……」

アーシア先輩が信じられないという表情をした。

女神様と抱き合った時、彼女と私の胸は密着していた、だから力を使えるのだ。

しかし無意識とはいえ奪ってしまったのだと、罪悪感に苛《さいな》まれないわけではない。

『――いいや、お前は奪っていない、それどころか一片とて奪うことができていない』

力を解放するまでのコンマ数秒で天聖が語る。

『――信じられない事実だが、あの紅髪の女人は、特別な乳気《にゅうエナジー》を保持している』

『――何者かが彼女のおっぱいを超進化させているのだ』

『――今オレに込められているのは、あくまでその進化の過程で生じた残滓《ざんし》にすぎない』

特別な乳気《にゅうエナジー》、何者かによる超進化、彼が言っているその意味を理解できない。

（でもリアス先輩のおっぱいが、一切縮んでいないというのなら――）

よかった、私は心置きなくこの力を使うことができる。

「神器《セイクリッド・ギア》展開！」

『Genesis Sword <Crimson>《ジェネシス・ソード》!!』

刀身から真紅の魔力が溢《あふ》れた。

そのあまりの放出量に耐えられず、壁にある刀剣を収めていたガラスケースが割れる。

勢いよく一斉に砕けたガラス片が、雪のように辺りに降り注いだ。

「──これが、リアス先輩からもらった力」

軽く刀を振るうと、ガラス片はどこかへ消滅してしまう。

紅《あか》い軌跡の後には何もない。誰にもそれが降ってくることはなかった。

「……滅びの魔力、いや滅びの魔剣と呼ぶべきか」

ゼノヴィア先輩が、その光景を静かに分析した。

「規格外の神器《セイクリッド・ギア》の能力。しかしそれが何の代償もなく使えるわけがない」

彼女はじっと私を見た。

「では改めて問おうか。どうしてアヴィ・アモンのためにそこまでする？」

ゼノヴィア先輩は剣士として、私という剣士を見定めようとしていた。

「……初めて、私のことを褒めてくれたんです」

剣はもう要らないものだと思ったけれど、彼女はそれを純粋に認めてくれた。

「……初めて、必要としてくれたんです」

あんなに温かく歓迎されたことが、今までの人生であっただろうか。

アヴィ先輩とはまだ出会ったばかり、お互いのことはほとんど知らない。

（褒められたからとか、必要とされたからとか、もしかしたらそれは私の思い込みで、こうして戦うまでの理由にはならないのかもしれない——）

だけど、彼女は私と同じなんだ。

ひとりぼっちで、これだと信じた道を、必死に進んできた人なんだ。

「初めて、仲間だと思えたんです」

生まれも育ちも性格も、私なんかとは全然違う。

「だから私は戦います」

それでも、仲間なんだ。

「私は、この人のために戦わなくちゃいけない——！」

昂《たか》ぶる感情に呼応し、リアス先輩からもらった乳気《にゅうエナジー》が世界を照らす。

紅に染まる空間、静寂に包まれる中で、紫藤《しどう》先輩の一言が耳に残る。

「……あの時のゼノヴィアと一緒ね」

口振りからして、きっと大切な思い出だったのだろう。

それを言われた当の本人は、肩の力を抜いてやれやれと素直に笑った。

「そういえば、まだ名前を聞いていなかった」

「知ってますよね」

「キミの口から聞きたいんだ」

彼女の声音はひどく優しいものだった。

しかし尋ねられたのなら名乗ろう、私は大きく息を吸って声を大にする。

「二天一流、宮本絶花！」

刀の先を真《ま》っ直《す》ぐに向ける。対して相手もそれに応じて。

「リアス・グレモリーが騎士《ナイト》、ゼノヴィアだ！」

彼女の胸奥《きょうおう》に悪魔の駒《イーヴィル・ピース》が輝いて見えた。

そして名乗り合ったのなら、やるべきことは一つだけ。

「覚悟、ゼノヴィア先輩！」

「行くぞ！　絶花！」

声が重なった。動きが重なった。思考が重なった。

「「勝負！」」

この一撃で決めると、接近するお互いの眼《め》が語っていた。

オカルト剣究部とオカルト研究部、これでゲームに決着をつける！

「――そこまでさね」

瞬間、私たち二人を巨大な光が包む。

視界が白く染まり、意識が飛ぶ間際《まぎわ》、そこに黒翼をはためかせた先生を見た。

「流石《さすが》にやりすぎだ。でも面白いゲームだったよ」

この勝負に審判を下すのは神ではない。

「『神の子を見張る者《グリゴリ》』が書記長、堕天使ベネムネの名の下に――これにて決着だ」

私はついに探していた存在を見つけ、そして見つけられてしまったのだった。


―○●○―


「「「ただ遊びに来ただけ!?」」」

私たち三人の声が重なった。

「面白い後輩たちがいると聞いて興味が湧いたんだ」

「でもオカ剣の素行調査とか、絶花ちゃんの修羅っぷりがどうって……」

「本当に恐ろしい連中ならば、私たちなどでなく高等部の生徒会も動いているだろうさ」

凛《りん》とした表情で語るゼノヴィア先輩、それを紫藤先輩がコツンと叩《たた》く。

「えらそうに言わないの。やりすぎたこと、反省したのゼノヴィア？」

「熱くなってしまったのは私の落ち度だったよ。本当にすまなかった」

それからアーシア先輩が、アヴィ先輩に向かって補足する。

「実はソーナ会長からも、アヴィさんの様子を見てきてほしいとお願いされてまして」

「ソーナさんが⁉」

「随分と、気にされていましたよ？」

「……そ、そっか……」

アヴィ先輩がどこか嬉《うれ》しそうな表情を見せる。

意外にも高等部の生徒会長と親しいつながりがあったらしい。

「ちなみに、うちのリアス部長からは絶花のことを頼まれたよ」

「え、私ですか⁉」

「中等部で色々と誤解されて困っているのではと心配していた」

「やっぱり女神様……っ！」

「リアス部長は悪魔だぞ？」

余計なことは言わなくていいんですゼノヴィア先輩。

「み、宮本さん、リアス・グレモリーさんと知り合いだったんすか？」

リアス先輩の名前を出され、驚いたのはシュベルトさんも同じだった。

「あちゃー、うちの会長も流石に予想してなかっただろうなぁ……」

また面倒事になりそうだとシュベルトさんはぼやいていた。

「――ほらほら！　いつまで喋《しゃべ》ってる！　片付けないと帰れないよ！」

ここで顧問……堕天使であるベネムネ先生の檄《げき》が飛ぶ。

ちなみに最後の勝負は引き分け。部屋どころか学園が壊れかねないと止められてしまう。

オカ剣とオカ研の交流は、旧武道棟の掃除という形で終えようとしていた。

「なんで僕まで掃除を……服が汚れるっす……」

「一緒に散らかしたんだから、一緒に片付けるのは当然でしょ」

気怠《けだる》そうなシュベルトさんを、紫藤先輩がしっかりやりなさいと叱咤《しった》する。

「はぁ、シドーぱいせんは雑巾がけが似合って羨ましいっすよ」

「どういう意味よそれ!?　やっぱり私にだけ生意気になってない!?」

「いやいやリスペクトしかないですー。天界のA《エース》が相手で上手《うま》く喋れないんですー」

「え？　私がすごくて緊張しちゃうってこと？　ならしょうがないけどさぁ」

「……チョロいなぁ」

仲が良さそうで羨ましい。シュベルトさんってやっぱりコミュ力高いんだと感じる。

「お、重たいですぅ……」

「手伝いますよアーシア先輩！」

「アヴィさん……ありがとうございます……」

「えへへ」

アヴィ先輩とアーシア先輩も片付け真っ最中。とても良い雰囲気《い》である。

いいなぁ、アーシア先輩と一緒にできて……私なんて……。

「絶花！　手が止まっているぞ！」

「は、はいっ」

「私の直後輩《じき》になったんだ。不真面目では困るぞ」

「そんな直弟子みたいに言われても……」

私はゼノヴィア先輩と、床に転がった刀剣を拾い集めていた。

「今度一緒にトレーニングもしよう。絶花の剣術や戦術は勉強になる」

「そ、そうですか？」

「私はどうにも思慮が足りないらしいからな」

「これ以上トレーニングするともっと脳筋になってしまう気が……」

「なにか言ったかい？」

何も言ってません。私は真面目に仕事をしています。

「できれば、絶花のように剣の気持ちが理解できるようになりたいものだ」

ゼノヴィア先輩が、拾った武器を見つめて言う。

「私にもそんな感覚に覚えがあるが、絶花ほどの精度はないと思えてしまう」

「そんなに褒められることでは……」

「謙遜するな。エクス・デュランダルのことも一目で見破ったんだ」

「あれは強すぎて分かりやすいです。それを使いこなせる先輩の方がすごい気が……」

聞けば彼女の聖剣は、エクスカリバーとデュランダルが合体したものだという。

どちらも伝説の聖剣だが、まさか実在していて、しかも学園で目撃することになるとは。

「デュランダルは、荒っぽいけど、とても真っ直ぐな子でしたね」

「なるほど、ではエクスカリバーはどうだった？」

「あの子からはたくさんの声が聞こえたので、一つの性格で言い表すのは難しいです」

「何太刀か交えただけで、エクスカリバーのことがそこまで理解《わか》るのか……？」

何かおかしなことを言ったかと困惑する私に、先輩はどこか遠くを見て呟く。

「剣に愛された人間、か」

そして彼女は私を見て、力強い笑みを浮かべた。

「──どうやら私には、とんでもなく面白い後輩ができたらしい」


それから先生の助力もあり、小一時間ほどで部室は元通りになる。

「絶花ちゃん」

ようやく終わったと一息ついているとアヴィ先輩が隣に立つ。

「ごめんね、なんだか大変なことになっちゃって」

「……いえ」

「すごかったね。あんなに強かったんだ」

「……黙っていて、すみませんでした」

「ううん、謝ることないよ、むしろ──」

アヴィ先輩はガバッと頭を下げた。

「本当にありがとう！　オカ剣のために戦ってくれて！」

年上らしからぬ丁寧すぎる御礼《おれい》だ。

「あ、アヴィ先輩!?　そんな改まらなくても！」

私はただ、ゼノヴィア先輩に言われて、それで戦わないといけないと必死になって。

いつの間にか闘気だけでなく神器《セイクリッド・ギア》も使ってしまった。

でも、この人のために剣を振るわないと、そう思ってしまったんだ。

(あれだけ戦うことが嫌だったのに、私は……)

これから再出発しなくちゃいけない。友達を作るために頑張ることはたくさんある。

(たくさんの人に出会い、たくさんのことを学びなさい……か)

もしかしたら、ここでなら――

「頭を、上げてください」

「でも……」

「部員に対して、部長がそんな風だと、格好がつかないじゃないですか」

「格好って……え、待って、それってつまり」

「さ、先に、言っておきますけど、最強の剣士とかなりませんからね！　ただ人数不足らしいですから！　ただの部員として所属するぐらいなら……い、いいかなって」

「絶花ちゃん……」

「よ、よろしくお願いします、アヴィ部長」

私の言葉に先輩が――いや、部長が飛びついてくる。

「絶花ちゃぁぁぁぁぁぁぁぁぁぁぁぁぁぁぁぁあん！」

「お、おっぱいを揉《も》まないでください！　セクハラですよ⁉　辞めますよ⁉」

おっぱいを揉まれたら悦《よろこ》ぶ人間と勘違いされてる⁉

「新入部員、よかったじゃないかアヴィ」

それを傍《そば》で見ていた先生が近づき、部長の頭をポンポンと優しく叩く。

「しかし二天一流の使い手とはね、名前を聞いてあるいはと思ったけど」

「黙っていて申し訳ないです……」

「謝る必要はないよ。でもあの子がいなくなったと思ったら、今度は宮本の子孫か……」

「？」

「いやなんでもない。アヴィともども歓迎するよ。ここでの日々は神器《セイクリッド・ギア》使いのキミにとって良い経験になるだろう、どうやらまだちゃんと制御できていないみたいだし」

先生は神器《セイクリッド・ギア》の使い方をここで学んで行けと言ってくれた。

「しかしその神器《セイクリッド・ギア》、再びお目に掛かる日が来るとはねぇ」

そう、交流のせいですっかり忘れていたが、私は噂《うわさ》の堕天使を探しにきていたのだ。

「先生が、有名な神器《セイクリッド・ギア》研究者なんですよね、だったら――」

「あー、きっとそれはアタシじゃなくて、たぶんアザゼルのことだろうね」

「アザ、ゼル？」

「高等部で教師をしているよ。今は忙しくて研究どころじゃないだろうけど」

　なら今すぐ相談しに行くことはできないのか……。

　当分は進展がなさそうと落ち込む私に、ベネムネ先生がニヤリと口端《こうたん》を吊《つ》り上《あ》げる。

「アタシだって永いこと生きてきた堕天使だ。とりわけ刀剣型の神器《セイクリッド・ギア》についてはアザゼルよりも詳しいかもしれない」

「な、なら、天聖《てんせい》のことも知っているんですか⁉」

「いいや」

　あ、あれ？　今の流れだと相談に乗ってくれる感じでは？

「正確には『天聖』などという名の神器《セイクリッド・ギア》は知らない、だね」

「どういう、ことですか？」

「現在確認されている神器《セイクリッド・ギア》において、そんな名前のものは存在しないんだよ」

　天聖はちゃんとここにいる、存在しないというのはどういうことなのだろう。

「本当に何も知らないみたいだね……おい、何とか言ったらどうだい？」

　ベネムネ先生が私の胸に問いかける。すると輝きを伴い天聖が声を発する。

『然り。オレの真名は天聖ではない。これは武蔵《むさし》が勝手につけた名にすぎないのだ』

は、初耳なんですけど……。天聖ってただのあだ名だったの……。

「勝手に命名したとしても、アンタに『天』をつけるなんて剣豪も皮肉屋だね」

『オレ自身の名は魂と共に封じられている、至極どうでもいいことだ』

「そうかい。ちなみに武蔵は彼女の方にはなんて名前をつけたの？」

『終聖《しゅうせい》だ』

「天聖と終聖……ね。それぞれの名前については一先《ひとま》ずそれでいこうか。肝心なのはここから先のことだし。この子たちに多少教えても文句ないね天聖？」

彼は好きにしたらいいと述べ、それではとベネムネ先生が場を仕切り直す。

「ここからは戒厳令さ。今から聞くことを誰にも口外してはいけないよ？」

改まった雰囲気であり、私だけでなく全員が彼女の言葉に耳を傾ける。

「絶花の神器《セイクリッド・ギア》は神滅具《ロンギヌス》に選ばれ……そうになった代物だ」

「「「「そうになった？」」」」

「こいつは二刀一体の神器《セイクリッド・ギア》なんさ。すなわち二本の刀が揃《そろ》えば神をも殺せるという」

神を殺せるかもしれないって、大事じゃないか！

でも逆に言えば、一本だけでは神器《セイクリッド・ギア》として弱いのだろうか。

「一振りでも弱くはない。むしろ強力。しかし二本揃った時に比べればすかんぴんだろうね。何百年か前に神滅具《ロンギヌス》に認定しようとしたが、その時には肝心のもう一本が行方不明になってしまっていた」

だから神滅具《ロンギヌス》とやらにはカウントされず、いつしか忘れ去られていったという。

「それでもアタシ流にあえて数えるなら、『番外の神滅具《エキストラ・ロンギヌス》』ってところさね」

消えたというもう一本の刀、終聖の行方は誰も知らないという。

「しかし強い能力であるのは当然なのさ。なにせ彼らは神に最も愛されてたんだから」

一本欠けたところで基本性能は群を抜いている。その秘密を先生は紐解《ひもと》く。

「結局は禁忌を犯して神器《セイクリッド・ギア》に封じられてしまったけど。ただコキュートス最下層に封じられた『龍喰者《ドラゴン・イーター》』と比べれば、その待遇の差は歴然だ」

禁忌とは何だろう。天聖は一体どんな罪と罰を背負ったのか。

やっぱりおっぱいで暴走しすぎたのだろうか。謎が謎を生み出していく。

「今こそ教えよう、絶花が持つ神器《セイクリッド・ギア》の本当の名を」

しかし長く続いた、そんな暗闇の中にも一筋の光が差し込む。

「天聖と終聖、この二つの刀が揃った時、人々はその武器をこう呼んで恐れた」

私はようやく知る、自分の力の正体を。

「刀剣型神器《セイクリッド・ギア》の最高峰――『失楽園の双刀《エデンズ・デュアル》』と！」

—○●○—


オカ剣への入部が決まった日、私はアヴィ部長と共に帰路に就いていた。

「え、絶花ちゃん一人暮らしなの⁉　ホームシックになってない⁉」

「大丈夫です。お祖母《ばあ》ちゃんとは手紙でやり取りしてるので」

「古風！　かっこいい！　あたしも今度から皆に矢文とかで連絡しようかな！」

「それはやめておいた方が……いつか捕まるかと……」

アヴィ部長と色々な話をしながら帰る。

「——青、色？」

その途中、一人の女性とすれ違う。

燦《きら》めくゴールドの髪、それを束ねる綺麗《きれい》な青帯に、なぜか視線を奪われた。

「今の人……」

「知り合い？」

「いえ……」

「背もすごく高いし外国の人かな。金髪なんて珍しいよね」

ピンク色の人がそれを言うのに大きな疑問は感じるけれど……。

「あの後ろ姿……それに青色……青色……」

どこかで見たような記憶があるのだが思い出せない。

「絶花ちゃん！」

アヴィ部長が焦《あせ》った声を出す。もしかして誰か知っているのかと反応するが。

「はい、コロッケ！」

「……なぜコロッケ？」

彼女の手には、ほかほかのコロッケが二つ握られている。

「そこのお肉屋さんで買ってきた！　できたてだよ！」

「いつの間に……というか私はお金を出していませんし……」

「細かいことはいいよ！　さぁ！　遠慮せず冷める前に早く食べて！」

私は戸惑いながらも差し出されたコロッケを受け取る。

（こんな風に人からもらうの、初めてだな……）

自然と零《こぼ》れそうになる笑みを抑えながら、ふとさっきの女性のことを思い出す。

「いない――？」

振り返ると、そこにはもう誰の姿もなかった。

冷たい夜風だけが流れ、世界は静寂が支配し——

「おいふぃ！　おいひぃよほれ！」

……静寂は言い過ぎだけど。

とにかく不安というか、胸騒ぎが走ったような気がしたのだ。

「——まぁ、いつか思い出すよね」

私は問題を先送りにし、先輩に倣《なら》う形でそれを食べる。

しかし私は、あの金髪の少女のことを、注意深く見るべきだった。

なぜ私の直感が働いたのか、もっと考えるべきだったのである。

そうすれば、私が更なる事件に巻き込まれることも、なかったかもしれないのに——

Life.2　爆誕！　オカルト剣究部！

駒王学園《くおうがくえん》に転校して、しばらくが経《た》った。
あいかわらず教室には馴染《なじ》めず、ひとりぼっちですごす毎日である。
しかしめげることはない、こんなのは慣れっこだ。
なにより今の私には部活がある！　これまでの孤独なだけの日々とは違うのだ！
一番最初は大失敗したかもしれないが、少しずつ良《い》い流れへ向かいだしたのでは⁉
「――今日は転校生を紹介します」
朝のホームルーム、担任からの言葉を聞いた時、その考えは確信に変わる。
（私と同じ時期に転校して来るなんて。もしかしてこれは仲良くなるチャンス――？）
なにせ来たばかりでは友達もいないだろう。
周りと上手《うま》く馴染むことが難しく、きっと私と同じように寂しい思いをするはずだ。
そこで颯爽《さっそう》！　宮本絶花の登場である！
アヴィ部長のとき然り、またも仲間と思える人物の到来に心が躍る。
「「「て、転校生⁉」」」

しかしクラスメイトたちの反応は私と真逆である。

まずは窓側に座っていた人たちが一斉に窓を閉めた。

「地上からの突入経路遮断！」

「ガラスに補強テープ設置完了！」

外から転校生が突っ込んでくるわけもなし、何をそんなに怯《おび》えているのだろう。

「みんな！　落ち着いて行動しましょう！」

慌ただしい教室に、クラス委員長が号令をかける。

「幸いこのクラスは武術系の部員ばかり！　総力戦でなら今度こそ対処できるわ！」

転校生がやってくるというだけなのに、なにやら物々しい発言が飛び交っている。

（そういえば中等部は、武術系の部活が盛んなんだっけ……）

剣道部、フェンシング部、弓道部など、定番らしい部活は当然ある。

変わり種として、手裏剣部、近未来兵装部、ロマン武器部なんてのもあるとか。

武術系部活動は、公式な数で三〇以上、非公式を含めるともっと存在するらしい。

「ところで宮本さんの状態は⁉」

「現在は活動停止中！　エネルギー反応も落ち着いています！」

「もしも、またとんでもない転校生が来たら、もう宮本さんとぶつけるしかないわ」

「目には目を、歯には歯を、しかし委員長それは……」

「どうせ助からないならせめて学園だけでも助けないと」

わ、私は怪獣か何かですか⁉

「えぇっと、みなさん。気持ちは分かるけど転校生の方をそろそろ……」

担任が話を進めようとする。というか気持ちは分かるってなんだ。

「では、入ってきてください」

先生が扉へと声を掛けると、クラスメイト全員が固唾を呑《の》む。

「――失礼する！」

勢いよく開けられる扉。

鮮やかに現れたのは、月のように輝くゴールドブロンドの少女だった。

青い髪留めを結び、左目には紋章の描かれた眼帯、制服はどこか中世の貴族のようだ。

シュベルトさんもそうだけど、駒王学園って制服改造ありなんだろうか？

「諸君、お初にお目に掛かる」

堂々とした佇《たたず》まい、発せられる声は凛《りん》として、気高さすら感じられる。

なにより中学生らしからぬそのおっぱい！

誰もが自然と彼女に釘付《くぎづ》けになってしまう。

「我が名は、リルベット・D・リュネール」

まるで――騎士のような女の子だった。

「どうやらわたしに対し、戦意を持った生徒もいるようですが」

彼女は一目でそれを見破ると、その眼帯に触れながら宣戦布告する。

「決闘は望むところ。我が邪龍眼《じゃりゅうがん》を恐れぬ者はいつでも挑んでくればいい」

クラスメイトたちのことを考えすぎだと断じたけれど。

「わたしは、最強となるためにこの学園に来たのだから！」

……確かに、とんでもない転校生がやってきたと思った。


――あれはヤバい人だ。

おそらく私の比でないくらい変人だと思う。

だってあの制服、あの挨拶、喋《しゃべ》り方もどこか仰々しい……というか厨二病《ちゅうにびょう》臭い？

(でも、だからこそ友達になれるチャンスとも言えるし……)

教室で浮くのは確定、なら同じぼっちである私が歩み寄れば――

「――リュネールさんってどこから来たの⁉」

女子生徒がはずんだ声で訊《き》いた。つい聞き耳を立ててしまう。

「青薔《あおば》薇《ら》の煉獄《れんごく》から。人によっては仏蘭西《ふらんす》と呼ぶこともあるそうですが」

じゃあフランスじゃないか！

「――日本語は誰に習ったの？」

「日本人の祖母が残した書物を読んだ。漢字はまだ苦手ですが中々上手いでしょう？」

自信満々というか自信過剰である。ただ邪龍眼とか煉獄とか言っていたので、これ以上漢字ができたら大変なことになりそうな気もするけど……。

「――最強となるって、具体的にどういうこと？」

「誰よりも強く、誰よりも誇り高い騎士になる、それがわたしの目標です」

「「「「へぇ」」」」

彼女が答えるたびに盛り上がる教室、楽しそうな歓声があっちこっちに飛んでいる。

（か、完全に受け入れられている――っ!?）

転校初日なのにもかかわらず、周囲に溶け込んでいることに愕然《がくぜん》とする。

おかしい。私の時と全然違うじゃないか。

「――口調は変わってるけど、思ってたより話しやすい人だね」

「――生徒会を倒してきたり、窓の外から飛び込んできたりしないしね」

は、反論できない……。しかし教室の隅から動けない私の悲しい状況ときたら……。

「……リュネールさん、一つ注意事項があるんだけど」

誰かが小さな声で、彼女に口添えをする。

「……宮本さんには気をつけて」

私!? 私に気をつけて!? 今そう言った!?

「……怒らせたら無事じゃ済まないよね」

「……ああ、なにせあの生徒会長とタメを張ってんだ」

「……今度その肩慣らしで出素戸炉井《ですとろい》高校に殴り込みに行くんだろ?」

「……絶花様の悪役《ヒール》っぷりときたらもう最高! 痺《しび》れるっ!」

みんな好き勝手に言っている。

確かに転校初日にやらかしたが、それにしても話が尾ひれをつけて広がりすぎだろう。

人の噂《うわさ》は七十五日? そんなに待ってたらいつか魔王みたいな扱いになってしまう!

「――彼女が」

いつしか、アイスゴールドの瞳が鋭くこちらを捉えていた。

「――ようやくだ」

リュネールさんがふいに立つと、なぜか私に向かって歩き出してくる。

「み、宮本さんに触れたら……」

「黙っていてください」

「でも……」

「忠告は不要と知りなさい。先も言ったはずです。わたしは遊びに来たのではないと」

あなたたちと仲良くするつもりはない、彼女は明確にそう告げていた。

一転して周囲を突き放すような言動に、一同言われたとおり黙って見守るしかない。

この人、せっかくの友達ゲットチャンスを無駄に……！

「貴公が、宮本絶花だな」

転校生は私の前に立った。返事に迷いとりあえずは立って向かいあう。

「わたしは、リルベット・D・リュネール」

知っている。というかこんなすぐに忘れようがない。

「突然のことで驚くかもしれないが」

すると彼女は本物の騎士のごとく、片膝をついて私の手を取った。

「わたしは、貴公に興味がある」

一体どこに隠していたのか、リュネールさんは青い薔薇《ばら》を手に持っていて――

「どうか受け取ってほしい」

そしてそれを私に差し出した。

怒濤《どとう》の展開に理解が追いつかず、ついついそれを受け取ってしまう。

「「「ええええええええええええええええええ」」」

私の気持ちを代弁するように、教室が絶叫に包まれた。

これってつまり、そういうこと？

彼女は私に近寄ると、そっと耳元で囁《ささや》いた。

「――放課後、体育館裏で待っている」

宮本絶花、一四歳の秋。

どうやら友達より先に、恋人ができてしまいそうです。


―○●○―


放課後、私は期待と不安で一杯になりながら、指定の場所へ向かっていた。

（告白されるなんて初めてだ……まさかドッキリなんてことはないと思うけど……）

もし手の込んだイタズラだったら私たぶん泣いちゃうよ。

「――待っていました」

体育館裏に行くと、既にリュネールさんが立っていた。

しかし彼女を見た途端、先ほどまでの心配が一気に吹き飛ぶ。

「イタズラ、の方がよかったかもしれない……」

ついそう呟《つぶや》いてしまったのは、彼女の腰に携えられた得物を見たからだ。

「剣を持っている、ってことは……」

嫌な予感が的中するように、目前の騎士はレイピアを勢いよく抜いた。

「わたしは英雄ダルタニャンが末裔《まつえい》リルベット！」

真《ま》っ直《す》ぐに剣を構え、青い瞳を大きく開く。

「わたしの剣に見覚えがあるはず！　ようやく貴公と正々堂々の勝負ができる！」

ハキハキと語り始める彼女へ、私は戸惑いながらもやっと言葉を返す。

「み、見覚えなんか、ないですけど……？」

瞬間、まるで空気が凍ったようになった。

リュネールさんは固まってしまうが、すぐさま余裕の表情に切り替える。

「っふ、面白い冗談だ。顔はともかくとしてわたしの剣を忘れたとでも？」

「はじめまして、だと思いますよ」

再び少女の饒舌《じょうぜつ》が止まる。口元をひきつらせて確かめるように問う。

「本気で、言っているのか？」

「どこかでお会いしたこと、ありましたっけ？」

本当に覚えなどない、それが相手にも伝わる。

それが決定打だったのか、リュネールさんの剣先がすっと地面に落ちた。

「――わたしのことなど、覚えるにも値しないというわけか」

彼女は視線を伏せて、何事か小さく呟いている。

「……いいやそんなことはありえない……このわたしが凡百扱いなど……」

ちゃんと聞き取れないが、リュネールさんは決意した表情で面《おもて》を上げた。

「であれば、この決闘をもって、思い出させればいいだけのこと！」

どういう思考プロセスを経たのか、最終的には決闘と言い出す始末である。

「わたしは今度こそ貴公に勝利し、更なる高みへと至る！」

なんて様になる台詞《せりふ》だろう、まるで映画のワンシーンだ。

しかし想定と異なる事態に、私は状況整理をするために恐る恐る尋ねる。

「あの、告白、じゃないんですか……？」

「告白？　なんだそれは？」

せめてダメ元でと訊いてみたが、告白という言葉に首を傾《かし》げてしまう。

「もしかしてわたしに告白したいのか？」

「え、私が⁉」

「我ながらこの圧倒的な美貌だ、貴公が欲情してしまうのはわかる」

「よ、欲情なんてしてませんけど⁉」

「っふ、貴公の視線は、先ほどから私の胸ばかりに注がれているぞ？」

……それは否定、できない、ですけど！

「決闘で当方が敗北すれば、貴公のものになってもいい」

自信が戻ったらしく、言葉に強さを滲《にじ》ませるリュネールさん。

その昂《たか》ぶった態度を示すように、結んだ髪の毛先がブンブン揺れている。

なんだか犬の尻尾みたいで……って、そうじゃなくて！

「ば、薔薇をくれたじゃないですか」

「あれは決闘の申し込みだ」

決闘の申し込み⁉　ぜんぜんそういう雰囲気じゃなかったよ！

「そういうのって普通、手袋を投げつけるとか……」

「あれはベタすぎる。よってわたしなりにアレンジを加えてみた」

じゃあ分かるか！　受け取った私にも問題あるけどさ！

「それに手袋は綺麗《きれい》に保つべきだ。わたしの流儀に不潔不浄という概念はない」

決闘とか言っているのに、なんでそういう感覚だけ現代的⁉

「何か文句でも？」

「文句しかないですけど」

「やれやれ、貴公ともなると薔薇の一本では満足できないと。であれば一時間ほど待っていてもらうことになる。急ぎ追加で百本ほど仕入れてこようではありませんか」

「数の問題じゃないっていうか……仕入れてくる……？」

「駅前の花屋まで行ってくる」

これまた現代的。近くに自生しているわけではないので当然だけど。

「ば、薔薇はもういらないです」

「そうですか……」

リュネールさんの尻尾——じゃなくて、髪の毛がしょんぼりと垂れる。

せっかくのやる気を削《そ》いでしまっただろうか。

「であれば、さっそく決闘といきましょう」

そしてリュネールさんは自分の眼帯を外そうとする。

『——あの左目、神　器《セイクリッド・ギア》か』

すると眠っていた天聖《てんせい》が、思わずといった感じで助言をくれる。

『――油断するなよ、ドラゴンの匂いが強い』

ドラゴン系の神器《セイクリッド・ギア》ってことだろうか、しかしこのままだと本当に戦う流れに……。

「我が邪龍眼《じゃりゅうがん》を見て生きた者はなし！　覚悟はいいですね！」

「覚悟しないよ！　だから待ってくださいって！」

私は慌てて制止をかける。

「くどい。まだなにか言いたいことでも？」

「わ、私、もう決闘はしないというか……」

「決闘をしない？　剣士である貴公が？」

よほど衝撃的だったのか、リュネールさんが理解できないと唖然《あぜん》とする。

先日ゼノヴィア先輩と試合をしてしまった。

しかしあれは特別というかなんというか、とかくそう何度も戦っていられないのだ。

（せっかく告白だと思って、色々と考えてたのに……って告白？）

この難局をどう逃れようと焦る間際、定番の断り方があったことを思い出す。

「わ――私、今は部活に集中したいんです！」

これが戦いを避けられるベストな言い訳だと、声を上ずらせながらもハッキリ告げる。

「だ、だから、あなたにお付き合いしてる暇はないんです！」

決まった！　これだ！　すっごく普通っぽい！

「部活に、集中……？」

「そ、そうです！」

「なぜ……？」

「な、なぜと言われると……そう！　人が足りなくて部員集めとか！」

「…………」

「もう決闘どころじゃない！　あぁ困った！　そうだ早く部活に行かないとなぁ！」

なんだかアヴィ部長みたいな喋《しゃべ》り方だが、ここは勢いで乗り切ってしまおう。

「……では、決闘を受けるのは、部活とやらが落ち着いてからしか無理だと」

「お、仰《おっしゃ》る通りです！」

「ふむ……」

「今のまま戦っても、実力の一パーセントも出せないだろうなぁ！　残念だなぁ！」

「むむむ……」

このテンションで喋るのはすごくしんどい。

だけど相手を注視すれば、眼帯を外す手を止め、剣からは迷いが見て取れる。

どうだ参ったか。もう決闘なんかしないぞ。

「──では、わたしも入部しましょう」

しかし彼女はこの程度で折れる人物ではなかったと思い知る。

「にゅ、入部？」

「貴公らを手伝い、部活動とやらが安定するまで在籍します」

「えぇ……」

「そうして目標が叶《かな》った暁には、正々堂々と決闘をしていただく」

何を言っているんだろうこの人は……。

「それが騎士道というものです。対等かつ真剣である勝負しか望みません」

冗談でなくどうやら本気らしい。

ただでさえ少なくも濃い面子《めんつ》なのに、この人が入ったらどんな化学反応が起こるか。

「りゅ、リュネールさんには、あの部は難しいんじゃないのかなー……」

「まず何をする部なのですか？　名前は何と言う？」

「お、オカルト剣究部……です」

「恐怪蝕妬《おかると》の剣を究める、面白そうではないですか、剣は最も得意とするところです」

か、完全に乗り気になってる。

「ではさっそく参りましょう。案内しなさい絶花」

「いきなり呼び捨て⁉　じゃなくて――」

「わたしのこともリルベットでいい」

「えっと、じゃあ、リルベットさん……？」

「それでいい。仮初めとはいえ一時の仲間になるのだから遠慮は不要だ」

「あ、う、うん……」

おい、照れてどうする私！

「では参ろうか！」

「お、おー……？」

ということで、決闘を条件に、部員が増えることになりました。


―○●○―


「――新入部員⁉」

早くに部室に来て、掃除をしていたアヴィ部長が叫んだ。

「すごい！　すごいよ絶花ちゃん！」

「えへへ……」

私の両手を握りガシガシと振る。そこまで喜んでもらえると悪い気はしないけど……。

「貴公がこの部の長か」

「うん！　アヴィ・アモンです！」

けど問題があるとすれば、この騎士道精神まっしぐらの少女の方である。

「わたしはリルベット・D・リュネール、訳あってここに籍を置かせていただきたい！」

「元気の良《い》い挨拶だね！　訳あり難あり大歓迎だよ！　よろしくねリルちゃん！」

「寛大な対応に感謝する。入部するからには最低限の義務は果たしましょう」

固く握手を交わす両者。あれ、なんだかスムーズに事が運んでる……。

「たしか絶花ちゃんと同じクラスなんだよね？　友達だから来てくれたの？」

「彼女とは友ではありません。そもそもわたしに友はいない」

ぴしゃりと否定するリルベットさん。改めて言われるとウッとなる。

「ただ絶花とは、人には言えぬ、特別な関係ではありますが」

しかも余計な一言まで添えてくれる。

「特別な関係ってまさか……」

「ち、違うんですよアヴィ部長、この人が言っているのはそういうことでなくて」

「先ほど熱い交わいをしたばかりです」

「絶花ちゃん!?」

「ち、ちが――」

交わいって言うな、約束って言わないと誤解されるだろう。

けど決闘のことなんて言うとまた心配されるし……。

「――おつかれーっす」

すると今度はシュベルトさんがやってきた。

「シュベちゃん！　やっと来たね！」

「生徒会の仕事がちょっと長引いたんで……って、誰っすか？」

頭を捻《ひね》るシュベルトさんに、リルベットさんがまた自己紹介をする。

「絶花の運命の相手、リルベットだ」

「そ、それは完全にアウト！」

どんどん調子を上げていく彼女を止められない。ひとまず新入部員だと説明はする。

「また風変わりな人が来たっすねー」

しかしシュベルトさんは流石《さすが》のゆるさで、私は傍《そば》に近寄って耳元で小さく尋ねた。

「(シュベルトさんって、私の監視役なんですよね？)」

「(っす。授業中以外は仕事しろって言われてますよ)」

「(なら見てたと思いますけど、さっき体育館裏で――)」

彼女がレイピアを武装し、決闘がどうと言ったのを耳にしていたはず。

生徒会としてなにか手を打てないのかと聞こうとしたのだ。

「(体育館裏？　なんの話っすか？)」

「(え)」

「(すんません。その頃ちょっとゲームに手が離せなくて)」

監視の仕事は⁉　普通にサボってる！　私が何かしたらどうするの⁉

「――待ちなさい」

私とシュベルトさんの間に、突如リルベットさんが割り込む。

「シュベルトライテといったか、絶花とはどういう関係だ？」

そしてキツイ眼光で、高い身長からシュベルトさんを見下ろす。

その様はまるで猟犬。主人へ近づく者へのプレッシャーはとんでもない。

「関係っすか、うーん難しいけど、なんでそんなこと――あ」

シュベルトさんが閃《ひらめ》いたという顔をした。

ニヤニヤと私の方を窺ってくるが、この人も絶対勘違いしてる。

頼むから変なこと言わないで。リルベットさんは無言で不服そうな顔してるし。

「はいはーい、仲良くするのはいいとして、さっそく部活始めよっ！」

元気よく締める部長、仲良く……していたかは分からないが今日も活動開始である。


——そして部屋の中央に敷かれる四枚の座布団《ざぶとん》。

「今日はお菓子もあるんだ。ソーナさんがくれたんだよー」

床上に置かれたのは、どれも謎の魔法少女がパッケージされたものである。

いい加減この女性が誰なのか気になってきたこの頃だ。

「い、いつものことですけど、なんで私たちへ定期的に渡してくれるんですかね？」

「親切な人なんだ！　たっくさん食べて強くなれって！」

聞けば部室の奥にもまだまだ物があるそうで、どれだけ親切なんだと感じ入ってしまう。

「僕、部員じゃないけどいいんすか？」

シュベルトさんはゆるいようで、意外とそういうところを気にする。

忘れがちなことだけど、私は入部したが、シュベルトさんはそうしなかったのだ。

「僕は宮本さんと違って、わざわざ厄介事に首を突っ込みません」

あくまで生徒会からの監視役として、こうして集まりに参加しているという。

「安心してください。こうしてお菓子ももらってるし、ヘタなことしなきゃ無害っすよ」

「あれ、でも私がオカ剣へ入部するのを阻止するのも仕事って……」

「そこは色々あったんすよ。主にゼノヴィア先輩のせいですけど」

生徒会にそこまで言わせるなんて、ゼノヴィア先輩って意外と影響力あったり……？

「なかなか美味ですね。思わず極悪怪人にレヴィアビームを放ちたくなるほどですよ」

リルベットさんの冗談はさておき、彼女は言動に似ずとても気品のある食べ方である。

「さて」

アヴィ部長がそれでは本題をと切り出す。

「新入部員も入ったことだし、今日はミーティングを開催したいと思います！」

鍛錬はもちろんするが、それよりもまずは話し合いだという。

「超不本意なことに、あたしたちは生徒会、ひいては全校生徒に目を付けられている！」

ふと生徒会のシュベルトさんを見るが、彼女は無心でお菓子を食べ進めていた。

「いつ生徒会に強制捜査されるか分からない現状、そして部員が増えたから金銭的にも厳しくなる。これまでみたいに勢いだけで乗り切るのは難しくなるかもしれない」

非合法集団ということは、部費もないということである。

「そこで、あたしなりにオカ剣の目標を一つ考えてきたんだ」

前のめりになるアヴィ部長は、私たちをグルリと見回した後にそれを告げる。

「まずは正式な部として認められよう——！」

びっくりするほど真っ当な意見。まず非合法で長く活動できていたのが不思議である。

というかその間ベネムネ先生は何を……まさか飲み歩いていたとかないですよね……？

「わ、私は、その目標で、いいと思います」

「僕としても賛成ですね。オカ剣はちょっと悪目立ちしすぎっすから」

「新参のわたしに異論なし。命じられればその通り動きましょう」

しかしアヴィ部長にしては、本当に、珍しく堅実な目標設定だと感じてしまう。

「これでも三年生、みんなよりお姉さんだからね」

ちゃんと考えてますと得意げになる部長。

「それで部費を獲得した日にはパーッと使おうね！　どこかで合宿とかどうかな⁉」

アヴィ部長は今日一のテンションの高さで言う。

「あたしは大阪希望！　美味《おい》しいものいっぱい食べて食い倒れたい！」

どうにも普通すぎると思ったら、この先輩ただ合宿がしたいだけだ！

でも部費なんだから、まずは必要な備品の購入とか、残りは貯蓄に回して——

「僕は沖縄に行ってみたいっすねー」

「日本であれば東北が気になるところ。海外だと南米が良いでしょうか」

真面目なことを考えているのは私だけ⁉　二人とも乗り気になってる⁉

「絶花ちゃんはどこか行きたい場所ある？」

アヴィ部長が最後に私に振ってくる。

貯金しましょうと答えたいが、また一斉に突っ込まれかねない。

（普通ならここは空気を読むべき場面！　普通な私もこの流れに乗るしかない！）

でも行ってみたい場所か――急に言われても――どこだ、思いつけ私――！

「……と」

「「「と？」」」

「……東京ネズミーランド」

ようやく絞り出した私の答えに、言葉を失い顔を見合わせる三人。

「絶花ちゃん、一応これ部活の合宿だからさ」

「流石にそれは僕でも言わないっすよー？」

「ここは真面目に答えるべき場面と知りなさい」

う、うぅ、滅多斬りだ！　ひどい！

（だって、行ってみたかったんだもん！）

なんで私だけ不真面目な扱いになるのか謎である。

「絶花ちゃんの件は一旦置いといて」

部長はやんわりと話を切り替えるが、その優しさが今はとても効きます……。

「とにかくまずは正式な部として認められることだね。課題は――」

「人数っすね」

「そう！」

やはり生徒会に所属しているだけあり、シュベルトさんはその辺りに詳しい。

「部活動として認められるには色々と条件があります。活動内容や実績なんかも吟味されますけど、結局その辺は中学校の部活ですからあまり厳しくないっすね」

代わりに重要視されるのが人数なのだと説明される。

「正式な部活動は、顧問一人以上と、部員四人以上からなると決められてます」

オカ剣の場合、顧問はベネムネ先生。

そして部員はアヴィ部長、私、リルベットさんの三人。

あと一人部員がいれば、条件的にはクリアということになる。

「先に言っておきますけど、僕は無理ですからね、ただでさえ生徒会の業務で忙しいのに掛け持ちはしんどいっす。あとオカ剣入部したら会長になにされるか分からないですし」

この人も色々と大変そうだ。ただ今日の監視の仕事サボってたけど。

「あと一人、ですか……」

「なるほど、部員の獲得が最優先事項となるわけですね」

部長を除き、残りの正部員である私とリルベットさんが唸《うな》る。

「……でも、難しいですよね？」

私がおずおずと切り出すと、アヴィ部長は強く頷《うなず》いた。

「うん。オカ剣の目的は皆で最強の剣士を目指すことにある」

その先には、もしかしたらレーティングゲームで活躍することもあるわけだ。

実際ここにいる四人も、みな普通でない力を持っている。

「部の性質上、一般生徒に入部してもらうのは難しいっすねー」

ここまで奇跡的になんとかなっているが、異能や刀剣にまったく縁のない、本当に一般の生徒がいきなり部に順応できるとは思えない。

「オカ剣は目を付けられていると聞いた。そもそも怖がられ話どころではないでしょう」

リルベットさんの指摘ももっともだ。

「……シュベルトさん、中等部の誰がこちらサイドなのかは分からないんですか？」

なら最初から異能に通じる生徒をスカウトできれば、そう考えてしまう。

「少なくとも僕は知らないっす。ただでさえ昨今は個人情報にうるさいですし、この学園には事情があって通っている生徒も多いですから、そういう便利なデータはないです」

……ですよね、私の転校も、お母さん経由で複雑な手続きを踏んだそうだし。

「やっぱり地道に探すしかないわけだね」

アヴィ先輩はよしと拳を固める。

「あたしとしては、才能やセンスよりも、やっぱりやる気がある──強くなりたいって思う人に入ってほしいと思うんだ」

誰でもいいわけではない。

といっても私やリルベットさんのこと然り、かなりその判定は曖昧そうだけれど。

「まずは勧誘方法を考えよっか！」

それから色々な案が出た。

「やっぱ気合いで一人ずつ声かけて──」

「と、とりあえずポスターを作るとか──」

「いっそお色気路線とかどうっすかね──」

「まずは薔薇《ばら》の栽培から始めるなど──」

ああでもない、こうでもない、でもそれはいいんじゃないかと夢中になる。

マジカルなお菓子がなくなってなお、ミーティングは長く白熱したのだった。

―○●○―


「待ちやがれオカ剣――！」

昼休み、私たちは生徒会に見つかり追いかけられていた。

『一〇メートル後方に源先輩が接近してるっす。各自でなんとか逃げてください』

インカムからシュベルトさんの大雑把な指示が飛ぶ。

「絶花ちゃん！　リルちゃん！　ここは三方向に分かれよう！」

「承知した。それではわたしは右へ」

「あたしは左！」

「え、わ、私は……直進？」

二人が脱兎《だっと》の如《ごと》く左右に散ってしまい、私だけが取り残されてしまう形になる。

「逃げんな、宮本！」

源先輩がそのまま私を追いかけてくる……そりゃそうですよね！

「許可なくポスター貼るんじゃねぇ！」

「ご、ごめんなさい、ミーナ先輩っ」

「み、ミーナ!?　後輩のくせにまた俺のことを！」

しまった、つい反射的に言ってしまった。なんとかフォローしないと……。

「わ、私は、可愛《かわい》くて、良《い》いあだ名だと思いますよっ！」

「かわ……っふ、ふふ、ふっざけんな！」

ま、まずい、もっと怒らせてしまった。

「テメェだけはマジで許さねぇ！　二度と生意気なクチを叩《たた》けなくしてやる！」

それから私とミーナ先輩は会話しながら、学園内をひたすら追いかけっこ。

ようやく彼女を撒《ま》いた頃にはもう全身汗だくであった。


「うぅ、大変な目にあった……」

放課後、ふらふらになって部室に座り込むと、おつかれさまと皆が励ましてくれる。

「でも源先輩とよく追いかけっこできたっすね。怖かったでしょあの人」

「しゃ、喋《しゃべ》ってみると良い人でしたよ」

「ええ、ほんとですかー？」

「逃げてる途中で、ちゃんと水分補給しろって、ジュースを奢《おご》ってくれましたし」

「どういう状況っすかそれ……」

シュベルトさんが意味不明だという表情をする。

「前から思ってましたけど、ゼノヴィア先輩然り、宮本さんは剣士に好かれるっすね」

彼女はアヴィ部長、リルベットさんを見て言う。

(そういえば昔から、強い人にほどよく目を付けられたような……)

特に女性剣士には、倒してなお、その後しつこく追いかけられ続けた記憶がある。

「――けど思ったようにはいかないねぇ」

アヴィ部長が難しいと唸るが、頭を悩ませるのは私たちも一緒。

正式な部になるために新入部員を獲得すると決めたものである。

これまでの結果は散々であり、生徒会にも余計に警戒されるようになってしまった。

「い、一度、ベネムネ先生に相談してみるのはどうでしょう?」

「先生、いま忙しそうだからなぁ」

「この流れは一度どこかで断ち切った方が良いでしょう」

「先生がダメってんなら、先輩方に相談するとかっすかね」

先輩に相談は良い案な気がする。私たちだけでは行き詰まっている感が否《いな》めない。

「いっそのこと、今から高等部に行ってみます?」

シュベルトさんが重ねてそんな提案をする。

「お！　あんまり動かないシュベちゃんが珍しく積極的！」

確かに。しかし彼女がやる気ということは何か他に目的があるのだろうか。

「宮本さん、そんな疑うような目を向けないでほしいっす」

「ご、ごめ……そういうつもりじゃ……」

「ま、目当ては他にあるんすけどね」

やっぱりあるのかい！

するとシュベルトさんは鞄《かばん》を漁《あさ》り出し、一つの缶バッジを取り出した。

「じゃじゃーん！　最近ようやく出たんすよ、このシークレットバッジが！」

そこにはデフォルメされた、騎士風の衣装を着た男性が描かれていた。

ゆるキャラ化されていても、美形のイケメンキャラなのが分かる。

「だ、誰ですかそれ……？」

「これは特撮『乳龍帝《ちちりゅうてい》おっぱいドラゴン』の、ダークネスナイト・ファング様っす」

おっぱい、ドラゴン……？

エッチな特撮？　中学生が観《み》てもいいやつなのだろうか？

「絶花、おっぱいドラゴンを知らないのですか？」

「いま冥界を中心に大人気なんだよ！」

「僕の最推しはファング様ですけど、ヘルキャットちゃんも好きっす」

まったく話題についていけない。私が遅れているのかそれとも皆が進みすぎているのか。

「中等部はこれからですけど、高等部は学園祭が終わったばかりで出入りが緩いです」

中等部生徒会の自分でも楽に入れる、とシュベルトさんは力説する。

「そういえばうちの学園祭ってもうすぐだっけ⁉ すっかり忘れてたよ！」

「華やかな高等部のものと違って、こっちは影の薄いお祭りっすからねー」

転校生組はよく分からないが、二人は今度の学園祭が云々《うんぬん》と話している。

「ということでっす。今日は先輩方に相談のついでに、この缶バッジのファング様を演じる木場《きば》先輩にサインをもらいに行きましょう――！」


そういうわけで、私たちは高等部へやってきました。

「――元士郎《げんしろう》先輩！ 副会長が漫研に行って帰ってこないと！ 連絡つきません！」

「――元ちゃん！ 今度は麻雀《マージャン》部が脱衣麻雀をやってるって噂《うわさ》が！」

「――おいおい、一度にそんな言われても、なんで会長がいない時に限って……」

高等部の校門前に立つと、いきなり忙しそうに動く生徒たちが目に入る。

会長とか副会長とかいう単語、もしかして高等部の生徒会だったりするのだろうか？

「絶花、あの女性二人に挟まれている男子生徒、どう思います？」

「どうって……大変そう？」

「それは分かっている。剣士としてどう見るかと尋ねているんだ」

どうって……なんというか、黒っぽいオーラがある感じ？　性格の話じゃないよ！

「あれれ、リュネールさん浮気《うわき》ですか？　どちらの男子が気になるんで？」

傍《そば》にいたシュベルトさんがからかうように訊《き》く。

言われた当人は、それにギロリと視線を返す。

「わたしがいつ浮気したと？　言ってみなさいシュベルトライテ」

「うわ、怒った！　逃げるっす！」

「待ちなさい！　きちんと説明しなければ剣の錆《さ》びになると──」

シュベルトさんが逃げて、それを追いかけていくリルベットさん。

「あたしたちも行こっか！」

「は、はい」

先行した二人を追いかけるように、アヴィ先輩と高等部へと足を踏み入れたのだった。

「──あ、木場《きば》先輩っす！」

四人が揃《そろ》ってから、運動場の傍に、シュベルトさんが探していた人物を見つけた。

「随分と多くの女生徒に囲まれているようですが」

シュベルトさんの首根っこを摑《つか》んだままのリルベットさんが言う。

いい加減離してあげて……じゃないと周りから奇異の目が……。

しかし肝心の先輩は、大勢の女生徒に囲まれて近づくどころではない。

「宮本さん、なんとかしてくださいっす」

「私⁉」

「まぁ、こういう時は絶花ちゃんが適任だよね！」

「ぶ、部長まで……」

あの集団に割り込めとでも？　飛び込んだら私なんかすぐノックダウンですよ？

「リュネールさん」

「なんだシュベルトライテ」

「ちょっと協力してほしいんすけど」

私がアタフタしていると、二人が何か小声で打ち合わせをしている。

「――なるほど、それが絶花の力の源」

「――試してみれば分かるっすよ」

リルベットさんは彼女を解放し、私の近くにやってくる。

「行くぞ」

「え？」

リルベットさんが、なんの躊躇《ためら》いもなく私のおっぱいを揉《も》んだ。

「な――」

突然の行動にわなわなと身体《からだ》が震える。

「なんで、おっぱい触るんですか――っ!?」

私が悲鳴を上げると、木場先輩たちの周りにいた女生徒たちが強い反応を示した。

「「「「おっぱいを触られた!?」」」」

ワイワイとした空気が一変し皆ちりぢりとなって逃げて行く。途中で「エロの権化《ごんげ》が来た」とか「脳の中で襲われる」とか叫んでいたが、一体どういうことなんだろう。

「……やれやれ、彼は今頃、試験勉強の真っ最中だと思うんだけどな」

こんなところにいるはずがないと、解放された先輩のイケメンボイスが響く。

「それで、キミたちは」

木場先輩が残っていた私たちに視線を向けた。

「我々はオカルト剣究部、貴公に用あって参りました」

「オカルト剣究部……」

「手間はとらせません。しばしお時間を頂けないでしょうか？」

「それはいいけれど」

「なにか？」

「彼女の胸から、手を離してあげた方がいいんじゃないかな？」

リルベットさんは、私のおっぱいを揉みながら、今の真面目なやり取りをしていた。

「む、絶花、随分と顔色が悪いようだが大丈夫か」

それが分かっているなら、いい加減におっぱいから手を離してください！

「――ダークネスナイト・ファング様のサインっす！」

缶バッジに書かれたサインに喜ぶシュベルトさん。

……ふふふ、よかったですね、おっぱいを揉まれた甲斐《かい》がありますよ。

「さっきは助かったよ。なかなか前に進めなくて困っていたんだ」

木場先輩は軽く自己紹介をしてくれたが、この人もリアス先輩の眷属《けんぞく》なのだという。

本来なら悪魔にはたくさんの眷属がいるんだと、アヴィ部長との最初の会話を思い出す。

「――新入部員をどうやったら増やせるか？」

サインをもらった後、木場先輩に本題であったオカ剣のことを相談した。

HCC
HCC

「そうだね」

あまり具体的な案はすぐ出せない、と前振りしつつもヒントをくれる。

「まずは、キミたちの良《い》いところを知ってもらうべきだろうね」

「「「良いところ?」」」

「悪名ばかり広がると聞いたけど、今さっきは囲まれた僕を助けてくれた」

多少ヤンチャなところはあるかもしれない。

それでも良いところを知れば、生徒からの目も変わるかもしれないということだ。

「僕の親友……彼もそうだけど、普段の言動はあれでも、本当は誰よりも熱く誰よりも正義感が強い。とても優しい男なんだ。だから自然と人も集まってくる」

木場先輩は穏やかな目でそう語ったのだった。

「私たちの良いところって――」

考え込んでしまう。思うに私たちは私たちのやりたいようにばかりやっていた。

これから、どうすればみんなに認めてもらえるんだろう?

「それじゃあ、僕はそろそろ時間だから」

木場先輩は去る間際《まぎわ》に、意味深なことを言い残す。

「――夢と希望をもたらすヒーロー、それは案外すぐ傍にいるかもしれないよ」

あの後、結論が出ることはなく、オカ剣は解散となった。

しかし忘れ物をしたことに気づき、閉まっているだろうがダメ元で部室へと戻ってみる。

「絶花？」

「あれ、リルベットさん？」

すると奇遇なことに金髪の少女と出くわす。なぜかバツが悪そうに目線を逸らされるが、もしかして私と同じように忘れ物でもしたのだろうか。

そして共に入口へと向かうと、予想と反して鍵は開いていて声が聞こえてきた。

まさか幽霊なんてことはないと思いつつ、一緒に覗《のぞ》いてみると……。

「――っは――！」

そこでは、アヴィ部長がひとり竹刀を振るっていた。

彼女は一度解散してなお、居残って鍛錬をしていたのだ。

「……甘い剣筋だ。しかし実直で熱意がある」

「……うん」

「……ああいうのは嫌いじゃない」

「……私も、部長の剣は好きだよ」

少しの間こっそりとその光景を眺めていた。

「二人して覗きっすか?」

するとと突然声をかけられ、驚いた私たちは雪崩《なだ》れ込むように部室の中へ入ってしまう。

「あ、あれ、なんで三人がいるの?」

呼吸を乱し、額の汗を拭いながら、アヴィ部長が不思議そうに言う。

なんでと言われても……私たちはしばし顔を見合わせてから頷《うなず》いた。

「私たちも部員、ですから」

「その通り。しばし付き合いましょう」

「宮本さんが残るなら僕も残るしかないっすね」

私たちは竹刀を取りに行き、アヴィ部長の下へ赴くのだった。

「——おやおや! 随分と活気があるじゃないの!」

しばらくするとベネムネ先生が現れた。

「くく、ちょっと過保護にしすぎたかね」

もしかしてアヴィ部長のことが、心配になって見に来たのだろうか。

「だけどもう良い時間だ」

先生が時計を見ると、時刻は一九時を回っていた。

「さて少女たち、そろそろお腹《なか》が減ってくる頃じゃない？」

「「「「！！」」」」

何が言いたいのかは一同揃って理解できた。

「さ、メシと行こうか！」

──そして皆でご飯に行くことになった。

「野菜マシのアブラマシ！」

「全部フツーでお願いするっす」

「ニンニクは不要。それから前掛けを所望する」

ベネムネ先生に連れられてきたラーメン屋だが、店内には聞き慣れぬ呪文が飛び交っている。急に店員さんに問われ皆はちゃんと答えるが、私だけはまごついてしまう。

(マシって、たぶん多めにしてってって意味だよね……？)

こういう場所に来たのは初めてで、システムがよく分からない。

けれどお腹も空いているし、焦《あせ》っていたこともあって私は──

「ぜ、ぜぜ、全部マシマシマシで！」

するとラーメン屋にいた人たちが、食べる手を止め一斉に私のことを見る。

こ、声が大きすぎただろうか？

「本気かい、嬢ちゃん？」

「え、あ、はい」

「っふ。うちでそれを頼むのは白い兄ちゃん以来だが、覚悟はできてるみてぇだな」

覚悟？　ラーメン食べるだけなのに要るんだろうか？

ここで隣席にいたベネムネ先生が更なる助言をくれる。

「絶花、そういえば無料でライスもつけられるみたいだけど？」

「じゃ、じゃあライスも大盛りでください！」

「あっはっは！」

なぜか涙をこらえるほどベネムネ先生が腹を抱えている。

先生は既にビールを飲んでいるし、酔いが回っているのかもしれない。

「――へいお待ち！」

そして目の前に現れたのは山の如《ごと》きラーメン大盛りライスを合わせれば山二つだ。

「さすが絶花ちゃん、よく食べるね！」

「マジで死ぬっすよ」

「ふむ。やはり強くなるためにはカロリーですか」

なんですか、これ？

「しんどかったら言うさね。手伝うよ。なぁに早々に諦めるのも勇気だ」

ベネムネ先生はそう言うが、これだけの人に注目されて途中で棄権しろと？

「……私は諦めません」

皆が見ているのだ、幻滅されて嫌われるわけにはいかない。

それに食べ物を残すというのは、私としても看過できることではないのだ。

（イメージするんだ。自分がラーメンを完食する姿を！）

よく見れば、目の前には二つの山、これはそう……まるでおっぱい！

「おっぱいなんかに、私は負けない――！」

上着のボタンを全部外し、リボンを緩め、割り箸を割る。

「「「「いただきます！」」」」

四人で手を合わせ、一斉に食べ始める。

最終的にはオカ剣どころかお客さんみんなが応援してくれて完食できた。

ただ私の翌日が大変だったのは言うまでもない……。

木場《きば》先輩から助言をもらった翌日の放課後。

「――学園祭でなにか行動を起こすべきです」

唐突にリルベットさんがそう切り出した。

「せっかく大々的なイベントがあるのですから、これを利用しない手はないと考えます」

私もそれに賛成だった。もちろん部員の獲得はしたいけれど、なにより自分にとって初めて参加できそうな行事なのだ。どうせなら楽しみたいという気持ちもあった。

「学園祭かぁ。うちでガチなイベントといえば体育祭とか生徒会長戦くらいだしなぁ」

例年通りだと生徒は部活に集中するという。強豪とは言えどれだけ体育会系なんだ……。

「中等部の学園祭は地味、真面目、面白くないの三拍子っすね」

生徒会役員がそんな風に言って良いのだろうか……。

「今の生徒会長になってから、特に真面目になっちゃったからなぁ」

「正確には部活動全振りですね」

特に武術系の部にこれでもかと力を入れているという。


―○●○―

（なんだかまるで、これから大きな戦《いくさ》を控えてでもいるような……）

そんな印象を持ってしまうが、きっとこれは私の考えすぎだろう。

「……でも」

黙っていた私も口を開く。

「そんな学園祭を盛り上げられたら、オカ剣の評価もあがるかなって、思います」

あれからオカ剣の良いところを考えていた。

色々あるとは思うけれど、まずはその自由さだと思う。

ここまで生徒会と正面からやり合えているのは、うちの部活だけという話を聞く。

「よく言いましたね絶花」

「確かに、どうせなら面白くしたいよね！」

「オカ剣が新しい風を吹かす、キャッチコピーとしても悪くないっす」

もし学園の空気を変えられたら、もしかしたら皆も見直してくれるかもしれない。

それで人気者になって……友達もできたりして……ふふふ……。

「宮本さん、また顔が大変なことになってるっす」

ま、まずい、また顔に出てしまっていた⁉

「じゃ、ひとまず学園祭でドカンとやるでいい⁉」

「「やりましょう」」

しかし問題はここからだ。

「で、なにする⁉」

「「…………」」

聞けば文化系の部もボチボチあるそうで、講堂で発表会的なものも一応やるという。

そこで演奏、ダンス、書道などの案が出るが、なんとも微妙と感じてしまう。

「――そもそも付け焼き刃でやったところで、大衆の心は動かせないでしょう」

リルベットさんの言う通り、どの案もあまりに私たちとかけ離れたことばかりだ。

「じゃあ試合でもする⁉」

「嫌です！　平和に、普通に、行きましょう！」

「うお、絶花ちゃんが急に乗り出してきた！」

もう真剣勝負なんかしたくないからです。

「で、でも大衆の心を動かせるもの、あたしたちに何ができるかなぁ……」

アヴィ先輩が天井を仰ぎ、リルベットさんも腕を組む。

シュベルトさんも服の缶バッジをイジりながら考え込んでしまう。

（ん――缶バッジ？）

そういえば、冥界を中心に大人気の作品があると聞いたことを思い出す。

タイトルからして口に出したくないが、もしかしたら何かヒントになるかもしれない。

「……『乳龍帝おっぱいドラゴン』的なものをやるとか？」

で、ポツリと私がそう告げたのだが、その言葉に私以外の三人に稲妻が走ったようで。

「「「おっぱい、ドラゴン」」」

もしかして、余計なことを言ってしまっただろうか。

「あ！」

アヴィ部長が閃《ひらめ》いたと叫んだ。

「おっぱいサムライだよ！」

サムライ？　ドラゴンは？

「あたしたちは剣士だからおっぱいサムライ！」

私はよく理解できないが、他のメンバーは大いに納得しているらしい。

「確かにあの内容なら万人受けするっす、剣の扱いにも慣れてますから難しくもない」

楽器や踊りと違い、剣は自分たちの中に息づいたもの、リルベットさんも重ねて頷く。

「それに異能サイドの人であれば『乳龍帝おっぱいドラゴン』を知っているのは当然。学園にいる力を持つ生徒たちにとっても、わたしたちへの取っかかりとなるでしょう」

言い方は少々悪いが、誰がこちらサイドなのかあぶり出せる機会を増やせる。

「これならいけるよ！」

「あの、私が言っておいてなんですけど、どういうことで……」

「つまりさ、おっぱいドラゴンをあたしたちバージョンでやっちゃうんだ！」

「でも、そんな安易なパロディなんか……」

「そんなことない！　最高なアイディアだよ絶花ちゃん！」

「やっぱ宮本さんはここぞという時だけは決めるっすよね」

「絶花のおっぱい好きがここに来て功を奏すとは」

褒められて……るんだよね？

あと私はおっぱいが大嫌いだ、間違っても好きとか言わないでほしい。

「でも勝手にやって大丈夫かな⁉」

「『乳龍帝おっぱいドラゴン』の著作権はグレモリー家が管理しているっす」

「なら絶花ちゃんいるしオッケーだね！」

「しっかりグレモリー嬢と交渉してきなさい絶花」

わ、私がリアス先輩に許可を取りに行くの？

「オカ剣はおっぱいサムライで、学園祭に革命を起こす！」

最後にまとめあげるアヴィ部長。本当にこのまま行っちゃうんですか⁉

「よぉし！　お堅い中等部の空気をぶった斬っちゃおう！」

拳を天高く掲げた部長に、他のメンバーも付いていくという様子だ。

「まずは特撮シリーズを全コンプするところからっすね」

シュベルトさんが映像データを持っているらしく、徹夜で鑑賞することが決まる。

こうと決めたら動くのが早い、これもまたオカ剣の良《い》いところだ。

「それじゃあ頑張ろう、リルちゃん、シュベちゃん」

そして、と。

「絶花ちゃん――いや、おっぱいサムライ！」

残りの二人もよろしくと私の肩に手を置く。

「わ、私が、おっぱいサムライ――っ⁉」

どうやら主役は問答無用で決定してしまったらしい。


―○●○―

「うぅ……おっぱいに殺される……」

昨夜、例の特撮作品を一気観した。

コンセプト自体は、とても王道的で、老若男女《ろうにゃくなんにょ》に支持されるのも理解できる。

しかしどうしても納得できない点が一つだけ。

「おっぱい、おっぱい、おっぱい、ずっとおっぱい……」

主人公のおっぱいドラゴンが、その名の通り常におっぱいと叫んでいるのだ。

「頭が割れる……頭に谷間ができる……」

「絶花ちゃん、なんかやつれてない⁉」

「過剰に、おっぱいを、摂取しすぎました……」

盛り上がっていたこの三人がおかしいのだ。

「宮本さん、途中何度も気絶しかけてたっすね」

「おっぱいの何がそんなに恐ろしいのか。絶花にとっておっぱいは力の源では？」

なぜそうも満身創痍《そうい》なのか、皆は理解できていないようだ。

ならばこの際ハッキリと言わせてもらおう。

「私はっ！　おっぱいがっ！　大嫌いなんですっ――！」

第一に嫌いなのはおっぱい、第二に嫌いなのもおっぱい、次に嫌いなのがキュウリだ。

「「おっぱいが、嫌い……？」」

「嫌いです！」

三人は顔を見合わせた。そんなに驚くようなことを言った覚えはない。

「そ、そもそも、なんなんですか、おっぱい大好きなドラゴンって」

もちろんタイトルからして悪い予感はあった。

実際あの主人公ときたら、行動原理がすべておっぱいなのである。

「なぜかリアス先輩や木場先輩も出演してるし……」

「そりゃそうだよー。おっぱいドラゴンってリアス先輩の眷属《けんぞく》だもん」

アヴィ先輩が、もう何言ってんのさと手で扇ぐ。

「念のため補足しますけど、おっぱいドラゴンは実在するっす」

「実在？　キャラクターですよね？」

「おっぱい大好きドラゴンはキャラ付けでなく、あのまんま現実にいるんすよ」

「あの、まんま……？」

「高等部の生徒っす」

じゃ、じゃあ学校でもいつもおっぱいって叫んでるの？

とんでもない変態じゃないか！

「乳龍帝とも呼ばれる今世紀の赤龍帝《せきりゅうてい》でしょう？　本当に絶花は知らないのか？」

リルベットさんですらその名を聞いたことがあるという。

「この学園にいる……しかも高等部に……」

できるものなら、というか絶対に会いたくない！

「ちなみに彼の名前は――」

「言わなくて結構です！」

だってそれを知ってしまったら……。

『まさかおっぱいドラゴンとはな』

私の胸から声がする。やっぱり出てきてしまった。

『天龍の一角である赤龍帝がそのような、オレたちが二刀乳剣豪《にとうにゅうけんごう》に至る前におっぱ――』

「天聖《てんせい》は静かにしててっ！」

自らのおっぱいを腕で強く押さえる。普段は大人しいのにおっぱいは話が別らしい。

「絶花ちゃん、それじゃあ天ちゃんが喋《しゃべ》れないよ」

「喋れないようにしてるんです！」

おっぱいドラゴンの存在を知ってから、天聖は対抗心を抱いたようである。

こうして黙らせておかないと、いつまでも延々と語り続けるのだ。

「絶花のおっぱいについては保留とし、そろそろ話を進めても良い頃合いでは」

リルベットさんから助け船、もといい部活の進行が催促される。

「そうだね。残された時間も少ない。それじゃあ学園祭の話をしようか」

アヴィ部長が音頭《おんど》を取る。

「あたしたちは学園祭で、乳龍……いや『二刀乳《にとうにゅう》おっぱいサムライ』をやります！」

アヴィ部長はナイスなネーミングでしょ、と得意げな表情である。

そりゃ私はドラゴンなんかじゃないけど……天聖が二刀乳剣豪とか言うからだよ！

「剣戟《けんげき》活劇、ようは演劇ってところっすかね」

「魅せる剣、剣舞というのも、たまにはいいでしょう」

二人は納得しているが、私は本当にやるのかとどうしても頷《うなず》けない。

「言い出したのは私ですけど、おっぱいというのは、その……そう、倫理的な……」

「リアス先輩から許可が出たんだから大丈夫だよ！」

アヴィ部長から、リアス先輩は、駒王学園《くおうがくえん》のお偉いさんの娘なのだと告げられる。

「生徒会メンバーとして、僕も本来なら協力はできない立場っすけど」

「そ、そうだった……！　じゃあやっぱり無理ですよね……!?」

「いやぁ、でも対価としてこれをもらってしまったら——」

シュベルトさんは両手に一杯の、おっぱいドラゴンのグッズを見せてきた。

「アーシア先輩に相談したんだよ！　それでレアだっていうグッズ沢山もらってきた！」

「わたしも木場《きば》先輩に再度相談し、サイン入りのブロマイドを頂いてきました」

つまり、私の知らないところで、シュベルトさんへの交渉材料も揃《そろ》えてきたと……。

「ここまでされちゃったら、さすがの僕も手伝わざるをえないっす」

なんて現金な人だ！　生徒会の皆さん！　ここに簡単に買収された役員がいますよ！

「ってことで、公演枠の確保や、関係各所との折り合いは僕にお任せを」

上手《うま》いことやるっすよと、会長を恐れていたがお宝を前にそれも吹き飛んだらしい。

「細かい調整はシュベちゃんがやってくれる。あたしたちが今やらなくちゃいけないことは、各自の仕事決めと役作りについて話し合うこと！」

アヴィ先輩はまずリルベットさんを指さす。

「クールでビューティーな悪役！　ダークネスナイト・ファング役はリルちゃん！」

「妥当と判断します」

同じ騎士だし、リルベットさんは姿も顔立ちも凜《りん》として適任と言える。

「あたしはナレーション！　盛り上げるよ！」

ヘルキャット役という案も出たが、人手不足であることから今回は断念だという。

「シュベちゃんは裏方！　当日は音響とか照明をやってくれるって！」

協力するとはいえ、表舞台にまでは出られないらしくワンオペでの調整役となる。

「そして――」

最後に、アヴィ先輩が私を指さす。

「おっぱいサムライ役、絶花ちゃん！」

改めて言われると、すごくブルーな気分になってくる。

「あの、本当に、さっきも言いましたけど、私おっぱいが嫌いで……」

「もちろん、主題歌も歌ってもらうよ！」

「ま、まさか……」

「シュベちゃん！　ミュージックスタート！」

言われるままに、彼女は携帯の再生ボタンを押しそれを流す。

とある国の隅っこに
おっぱい大好きドラゴン住んでい――

「と、止めてください止めてください！」

精神がもたない。おもわず待ったをかけてしまう。

「ほ、本当に、これを私に歌えと……？」

とんでもない歌詞だ。これを作った人物の顔が見てみたい。

「もちろんだよ！　ただドラゴンのフレーズをサムライには変えるけどね！」

い、嫌だ、絶対に歌いたくない！

「どうしてそこまで、おっぱいのことを嫌悪《けんお》する？」

これまでの態度を見て、リルベットさんが真面目にそんなことを訊《き》いてくる。

「どうしてって……」

ここで、私のこれまでの人生を語ってもしょうがないだろう。

一言で言うのなら、おっぱいに振り回されてきた毎日だった。

（ただでさえ人前に立つのが苦手なのに、こんなの歌ったらもう学校にいられない）

乗り切れない私の様子を見て、アヴィ部長が悩ましげに腕を組む。

「うーん、そこまで拒絶反応を示されると」

そうです、おっぱいサムライは止めて、おっぱい抜きのヒーロー物をやりましょう！

「これは、おっぱい克服トレーニングが必要だね！」

しかし諦めないというのがアヴィ部長の良いところである。

「おっぱい、克服、トレーニング？」

「そうっすね。宮本さんには役作りのため、キャラクターの動きを知るだけじゃなくて、おっぱいそのものを好きになってもらう必要があるっす」

「炎に灼《や》かれようと、乳に挟まれようと、剣士であれば困難は乗り越えるもの」

二人とも賛成してるけど私の意思は⁉

「絶花の面倒は、このリルベットが務めましょう」

ふふんと得意げに胸を張るリルベットさん。

「わたしと共に剣舞の稽古をしつつ、同時進行でおっぱいの克服をしていきます。なにこの手に掛かれば容易《たやす》いことです」

「だね！　おっぱいドラゴンとダークネスナイトが、あれだけすごい戦いを演じられるのも、二人が実際に親友だからって話だし！」

おっぱいを克服しつつ、リルベットさんとの連携力を鍛える。

楽しい学園祭にするためとはいえ、どんどん私のやるべきことが増えていく。

「あとは衣装っすけど……」

「先輩たちに借りられないかな⁉」

「さすがに権利上厳しい気が、そもそもサイズが合わないっすよ」

実際のおっぱいドラゴンの登場人物たちと、歳《とし》も性別も違うのだから当然だ。

「――お困りのようだね。衣装はこのベネムネに任せなさい」

颯爽《さっそう》と現れたのは我らが顧問、来たり来なかったりと読めない人である。

「これでもコスプレへの造詣《ぞうけい》は深いんだ」

ちなみに『乳龍帝おっぱいドラゴン』をやると聞いて一番喜んだのは先生だ。

どうせエッチな姿が見られるからだろう。彼女が堕天した理由がなんとなく見えてくる。

「まずは衣装作りのために身体測定から……って、なんで竹刀を持ってくるんだい絶花」

「セクハラされた時のために」

「ふふ、キミが少しずつ自分らしさを出すようになってくれて先生嬉《うれ》しいよ」

こんなところで自分らしさを出したくなかったです。

「――そういえば、肝心のスイッチ姫役はどうするのですか？」

リルベットさんが思い出したように言う。

物語にはヒロインがいるのが常だ、もちろんおっぱいドラゴンにも登場する。

言われて呆《ほう》けるアヴィ部長。たぶん忘れてたんだろうな。

「グレモリー嬢が演じるスイッチ姫こそ、一番難しい役では？」

「そっす、リアス・グレモリーさんの容姿や振る舞いに匹敵するような人物でないと」

「あとはおっきいおっぱいだね！」

容姿が良くて、大人っぽくて、おっぱいが大きい人物。

この場にいるメンバーで、その条件を満たす人物がいるとすれば……。

「な、なんで全員、アタシの方を見るんだい？　まさか——」

私たち四人の視線が、一斉に先生へと注がれる。

「先生！　あたし信じてます！」

「これはもうやるしかないっすね」

「気まぐれにしか部室に来ないのです、ここで顧問の責務を果たしなさい」

「……死なばもろとも」

そうして各々《おのおの》の役割が決まり、そのための準備や特訓もすることになる。

後日、先生は徹夜で完成させたという衣装をさっそく持ってきた。

「いぇーい、スイッチ姫でぇす！」

そしてヒロインの衣装を着て、無理矢理感のあるポーズを決める先生。

「くらえぇ！　おっぱいフラッッッシュ！」

「「「…………」」」

これを見て、リアス先輩のひきつった表情が容易に想像できる。

本日は晴天、されど私たちの中には、季節外れの大雪が降ったのだった。

―○●○―


その日、教室は妙な空気に包まれていた。

「近く、ないですか……？」

そう訊いた私の真横には、背筋をぴんと伸ばした眼帯少女が座っていた。

あと数センチで、肩と肩が触れ合いそうな距離感である。

「アヴィ・アモンに、絶花の面倒を見ると宣言しました」

先日、オカ剣で『二刀乳おっぱいサムライ』なる演目をやると決まった。

これを成功させる鍵は、私のおっぱい嫌いの克服。

そして共に剣舞を演じる、リルベットさんとの信頼関係を深めることとなった。

「わたしたちは、もっとお互いのことを知らなくてはいけない」

「き、昨日まで私の隣に座っていた方は……」

「我が剣の贄《にえ》になりたくなければ、この席を明け渡しなさいと言いました」

「強迫⁉」

「失礼な。丁重にお願いしました。ちなみに大喜びで譲ってくれましたよ」

そっか、大喜びですか……私の隣そんなに嫌だったんですか……うぅ……。

「常に傍《そば》にいることが相互理解への近道と知りなさい」

だからって近すぎだよ！

「――やっぱり二人って付き合ってるのかな？」

「――リュネールさんが告白したって噂《うわさ》だよね」

ほら耳を澄まして。クラス中に根も葉もない噂が広がってますよ。

「いっそ一つの椅子に二人で座りますか？」

「はい？」

「身長的に考えればわたしが下の方が良《い》い、しかも貴公の背中におっぱいを当てることができる、つまり授業を受けながら学習と弱点克服を同時に――」

何を言ってるんだろうねこの人は。私はもうついて行けないよ。

「む。不服そうですね。分かりました。ならわたしが貴公の上に座り――」

「普通に授業受けさせてください」

結局はあまりにも近すぎる距離感で授業を受けるのだった。

リルベットさんのストーキング……もとい相互理解とやらは止まらない。

「ちゃんと手足を伸ばしなさい！」

体育の授業では、リルベットさんと一緒に体操をする。

「わたしを観察なさい！　手本はこう！　もっと胸を張るように！」

ブルマ姿のリルベットさんが完璧な動きを披露してくれる。

しかし私の視線はどうしても、目前でダイナミックに動くおっぱいへ行ってしまう。

（リルベットさんは容姿に自信があるし、羞恥心とかないんだろうな……）

とても私には真似《まね》できず、胸を庇《かば》うようについ前屈《まえかが》みになってしまう。

ちなみに本日の授業内容は持久走、だからリルベットさんの活発さがよく際立《きわだ》つ。

「絶花、どちらが一位になるか勝負です」

「ええ……」

「なんだそのやる気のない返事は。貴公には先ほどから真剣さが欠けている」

きっちりと靴紐《くつひも》を結び直したリルベットさんが隣に立つ。

「それに、さっきからチラチラとわたしの胸ばかり見ているな」

「み、みみ、見てないですけど⁉」

「嘘《うそ》をつかない！　どうせ見るなら焼き付けるようにしっかり見なさい！」

そんな大声で言わなくても……あぁ、クラスメイトたちからの視線が痛い。

「おっぱいを凝視してやる気が向上するのであれば構いません。なんならスピードアップのため走行中に多少触るぐらいなら——」

おっぱいを突き出しながら、グイグイとにじり寄ってくる。

「いいや、むしろ貴公は触るどころか揉《も》まなくてはいけない！　禍転《わざわい》じてなんとやら！おっぱいサムライとして走るのです！」

逃げ場がなくピンチの私、しかしここで運良く先生が開始の合図をした。

リルベットさんもといい彼女のおっぱいから逃げるべく、一気に全力疾走する。

「一刻も早く……離れないと……っ！」

先頭を行けばおっぱいに視線が行くこともない。

「なかなか良いスタートです絶花！」

「っえ、なんでもう隣に⁉」

「これは勝負だと言ったはず！　さぁわたしのおっぱいを揉んで更に速くなりなさい！」

「ぜ、絶対に揉まない！」

「揉みなさい！」

「揉みません！」

高速でグラウンドを周回する私たちに、タイム測定をしていた先生が驚嘆する。

「これ、中学の日本記録じゃ……」

しかし記録などどうでもよく、とにかく私はおっぱいから必死に逃げるのみだった。


「──どこに移動しようという？」

昼休みでもリルベットさんは私に話しかけてくる。

「ど、どこでもいいじゃないですか……」

「昼食を取るのでしょう？　なぜ教室から離れようとする？」

「なぜと言われても……」

教室に私がいると空気が重くなるし、それに今はリルベットさんも傍にいる。

こんなに視線を集めていては、落ち着いて昼食を取ることもできない。

「食事をしながらでもトレーニングはできる。わたしから離れるべきではない」

「食事しながらトレーニング？」

「少しでも絶花のためになればと、こういった物も用意してきたのです」

彼女は鞄《かばん》から沢山の雑誌を取り出す。そのどれもが爆乳の美女が表紙を飾っている。

「な、なんてものを……猥褻《わいせつ》物ですよ⁉」

「高等部の校舎裏に隠されていた。すぐ後から来た男子生徒が、眼鏡の奥から涙を流しながらお宝だったのにと叫ぶほどの貴重な一品らしい」

「きっとその眼鏡の人の所有物なんだと思いますけど……」

「拾ったのはわたしだ。しかし見事なおっぱいでしょう？　袋とじの方はもっと――」

「袋とじおっぱいに興味なんてないです！」

あまりに声を張り上げたせいか、周りが奇異なものを見る眼《め》で私を見る。

「「「「袋とじ、おっぱい……？」」」」

違うんです、私は、私はそんなの興味なくて……。

「さぁ、わたしと食事をしながら、おっぱいについて語らい合いま――」

私はリルベットさんの会話を無視して教室を飛び出した。

「なぜわたしから逃げる⁉」

「もう付いてこないでください！」

「いい加減おっぱいを受け入れなさい！」

「それが嫌なんです！」

私とリルベットさん、今日二回目となる持久走が始まったのだった。

「……はぁ……はぁ……や、やっと一人になれた……」

そうしてようやく逃げ延びた先は、いつも私が昼食を食べる場所である。

「隙あればおっぱいおっぱいって……」

人気《ひとけ》のない名も知らぬ古い建物、その裏側の陰になっている場所に腰を下ろす。

『――いいのか』

するとこれまで静観していた天聖《てんせい》が声を漏らした。

『食事ぐらい一緒にしてもいいではないか』

「だって静かに食べたいし……じろじろ見られるの嫌だし……」

『あの娘はお前の傍にいたいと願っていたぞ』

「…………」

でもそれは私と決闘をしたいから、オカ剣に協力するのも利害関係だって言っていた。

(それに、友達になってくれるわけでもないし……)

ただ朝からあれだけ騒がしかったのに不思議だ。

いざ一人になると、物寂しい空気になるのはなぜだろう。

『ここは随分と静かだ』

「うん……」

『お前からはどこか憂いを感じるが』

「べ、別に、寂しくなんかないよ……」

これが、私のいつも通りなんだ。

『日々の選択はお前に任せるが、食事はどうするのだ？』

「どうするって、ここで食べるけど？」

『肝心の食べるものは？』

「……あ」

すっかり忘れていた。彼女から逃げるのに必死で教室に置いてきてしまったのだ。

『取りに戻るか？』

「……お昼ご飯くらいなくたって困らないし」

『おっぱいの成長に著しい影響があるぞ』

それはどうでもいい。

とりあえず空腹は我慢し、予鈴が鳴るまでここで忍んでいようと思った。

「――見つけ、ました！」

突然、大きな声がした。

視線を向けると、そこには肩で激しく呼吸し、大粒の汗を流すリルベットさんがいた。

「ど、どうしてここに……」

「学園の敷地《しきち》、すべてを走ったまで、しらみつぶしに捜しました」

とんでもない執念である、まさかそうまでして追いかけてくるなんて。

「それにわたしは少しばかり鼻がきく。貴公の匂いは覚えている」

彼女は自らの鼻を指しそう言うが、まさか私が臭いとかないですよね……？

「隣、いいでしょうか」

「……えっと」

「失礼します」

まだ了承していないのに、リルベットさんは構わずこちらの傍に腰を下ろす。

「わたしから逃亡したのは、周りの目が気になるからですか？」

もちろん、おっぱい克服トレーニングが嫌なのもある。

しかし何よりは、彼女が言ったとおり、周囲に奇異の視線を向けられることだ。

いつおっぱいがきっかけで、天聖が暴走するか分からない。

昔から人目を避けて日々を生きていた、これは己の人生で常であり癖である。

「――外野には好きに言わせておけばいい」

私の沈黙を肯定と受け取った彼女が、遠くを見ながらなんでもないように言う。

「もともと全ての人と仲良くなることなどできないのです」

全員と親しくなれるのなら、この世に争いなど存在しないと語る。

「……じゃあ、なんでリルベットさんは私の傍《そば》にいようとするんですか？」

「全ては決闘のため、と言いたいところですが」

自らの利に応じた行動、それだけではないのだろうか？

「これは意地です」

「意地？」

「貴公の記憶から、わたしを思い出させたい」

彼女はこれでも名は通っていたつもりだったのにと苦笑する。

「決闘も決闘以外も、負けっぱなしは性に合わないので」

リルベットさんが私に負けたことなんてあっただろうか……？

「それに、単純に好奇心が湧いた」

「私なんかに興味を持たれても……」

「確かに実際の絶花は、想像とかけ離れて臆病で心配性でした。おっぱいなぞに恐怖してすぐダメになる。わたしとは正反対で本来なら交わることもないでしょう」

気が弱いという自覚はあるが、ひどい言われようである。

「――しかし、それでも貴公は強い」

リルベットさんはポツリとそう漏らした。

「その強さがどこから来るのか、見定めなくてはいけない」

小心者と自信家、正反対の性格、だからこそ傍にいなければ分からないこともある。

リルベットさんは真っ直《ま》ぐ《す》に視線を合わせて述べた。

「わたしは、絶花のことを、もっともっと知りたくなったのです」

聞いているこちらが恥ずかしくなるくらい、ストレートにそう言い放った。

「……とにかく、近くオカ剣の舞台もあるのです、あまり逃げられては困ります」

リルベットさんは核心の部分を誤魔化すように、手にしていた袋を開ける。

そういえばさっきから持っていたけど、何が入っているのだろうか。

「見たところ、昼食を持っていないでしょう?」

取り出したのはカラフルなお弁当箱、しかも二つある。

彼女はそのうちの一方を私へと差し出した。

「え。作ってきてくれたの……?」

「最初に言ったはずです、相互理解を深めようと。わたしから食事に誘っておいてもてなしをしないのは騎士道に反しています」

食事云々《うんぬん》が騎士道なのかは疑わしいが、彼女なりの大きな気遣いを感じた。

「安心なさい。これ以上逃げられては食事に支障を来す。あの雑誌は持ってきていない」

「リルベットさん……」

差し出されたそれを受け取る。僅かだけど心の端に触れられたような気がした。

「あ、ありがたく、頂きます」

断ろうという気は起きなかった。

ここまで追いかけ、食事まで作ってきてくれたのだ。

私は自然と笑ってしまっていて、それを見たリルベットさんも小さく肩を竦《すく》ませる。

そうしてお昼休み、ついに二人の時間が始まった——のだが。

「……お、っぱい？」

お弁当箱を開いて愕然《がくぜん》と呟《つぶや》いてしまう。

「スイッチ姫のキャラ弁です」

そこには一糸まとわぬリアス先輩がいた。

豊満なバストをこれでもかと見せつけていて、ついでにウインクまで決めている。

「見事でしょう、これでも料理には自信があるのです」

「…………」

「あの紅髪を表現するのは苦労しました。ただなにより難しかったのは胸部の立体感を表現すること。ちなみにおっぱいの先端には桜田麩《でんぶ》を使って——絶花？」

「は、はは、ははは……」

「ふふ。あまりの完成度に感動して言葉も出ませんか。手も止まってしまっている。仕方ない、ここはわたしが食べさせてあげましょう」

リルベットさんが自分の箸を使って、私の口元へとリアス先輩の桜色を運んでくる。

「はいあ——む、これはベタすぎるでしょうか」

「なんでもいいです。もうツッコミを入れる気も失《う》せました。

「はい、ずむずむいやーん」

私はものすごく複雑な気持ちでそれを食べる。

おっぱい弁当は、とても美味《おい》しくて、そして胸焼けしそうだった。

—○●○—

「——そんなものか、おっぱいサムライ！」

旧武道棟、リルベットさんと竹刀を交える。

台本の台詞《せりふ》を織り込みながらの通し稽古、ここ数日でようやく形になってきた。

「ここまで、でしょうか」

一通りやりきると、リルベットさんが剣先を下ろした。

「絶花。貴公の剣はまだ覇気に欠けている」

「うーん……」

「攻撃防御回避すべてが巧妙に手加減されていると感じます。というより無意識にブレーキをかけてしまっているような」

「やる気は、あるんだよ？」

「理解しています。しかし宮本絶花の剣はこんなものではないです」

リルベットさんは遠慮なく指摘をする。

「もっと殺気を出しなさい」

「殺気って……演技だよこれ……」

「しかし本気の剣でなければ大衆の心は動かない」

「そう言われても……」

「やれやれ、やはりここはカンフル剤としておっぱいを――」

「ならもっと練習しよう！　さぁ早く！　やる気が出てきたよ！」

「む。貴公がやる気だというのなら、今一度続けましょうか」

私からの続行の提案に彼女は嬉《うれ》しそうに頷《うなず》く。

……おっぱいが怖いとか、おっぱいに焚《た》き付《つ》けられたわけじゃないですよ？

今回のことはあくまで剣舞、あくまで見世物、けれどやるからには成功させたい。

それからはアヴィ部長たちを交えて、更に特訓が続いたのだった。

「──今日はここまでにしよっか！」

日も暮れてしまった頃、アヴィ部長から号令が下される。

「帰りますよ絶花」

出入口の前でじっと待っていたリルベットさん。

もう観念したことだが、学園祭までは登下校もなるべく一緒にすることになった。

「あはは、どこかの忠犬みたいっす──いたた！　痛いっす！　頭が潰れる！」

「誰が犬だと？　もう一度言ってみなさい？」

「す、すんませ、み、宮本さん、この人止めてください！」

リルベットさんがシュベルトさんの頭を鷲《わし》づかみに。もう見慣れた光景だ。

「あ、あの、このままだとシュベルトさんの頭が、大変なことになってしまうので」

「いっそ一度潰しましょう。北欧産もぎたてワルキューレジュースとかどうです？」

字面《じづら》が怖すぎるし国際問題だよそれは。私はどうどうとリルベットさんをなだめる。

「ふ、ふぅ、死ぬかと思ったっす。ほんと宮本さんの言うことしか聞かないんすから」

「わたしは誰の言うことも聞かない。正しいと思った己の心に従うのみです」

「はい出たツンデ――ひぃ！　今日はもう勘弁っす！」

脱兎《だっと》の如《ごと》く逃げていくシュベルトさん。

「つふ、まったく逃げ足だけは一人前ですね」

やれやれと首を振る。何だかんだと言いつつ見逃してあげることも増えた。

それからアヴィ部長は、ソーナ会長のところに顔を出すと部室を後にする。

「帰りましょうか」

「そうだね」

残った私たちもまた帰路に就くのだった。


「――なんだか、リルベットさんもオカ剣に馴染《なじ》んできたね」

河川敷《かせんじき》を歩きながら、先のやり取りを見ていた私はそんなことを言った。

前の彼女だったら、本当にシュベルトさんをジュースにしていただろう。

「馴染むというより慣れただけでしょう」

「そ、そう？　だいぶ仲よさそうにも思えるけど……」

「貴公は勘違いしている」

誤解をされたくないと彼女は改まる。

「オカ剣に対して、わたしはあくまで一時的に協力しているにすぎないのです」

必要以上に仲良くするつもりはないと、そう明示していることは分かった。

「それはシュベルトライテも同じ。彼女もまた利害関係によって手を貸しているだけ」

「そう、だよね」

「よって現状に迎合してはいけない。オカルト剣究部は学園祭で成功しなければ未来がない。

――……絶花、そんな暗い顔をしないでください。別に責める気はないのです」

「うん」

「わたしは激励をするつもりで、その……重く考えすぎることはないのですよ？」

リルベットさんはバツが悪そうに釈明をする。

口では冷淡なことを言いつつも、真剣にオカ剣の現実と向き合っているのだ。

「大丈夫、リルベットさんが言いたいことは、分かってるつもりだから」

「そ、そうですか……ならばいい！」

むしろ仮初めの部員とはいえ、そこまで想《おも》ってくれているのだと嬉しかった。

「きっとオカ剣は上手《うま》くいきます！　そして目標を達成した暁にはわたしと決闘です！」

「え、あぁ、うん、決闘ね……」

決闘という単語が出て、そういえばと私はついそっぽを向いてしまう。

「まさか、忘れていたわけではないでしょうね？」

「それは、まぁ……」

「ちゃんと、約束は果たしますね？」

少しだけ不穏な空気。リルベットさんが訝《いぶか》しむような眼《め》でこちらを見る。

「えっと――」

「はっきり答えなさい」

正直、今さらこの人と真剣勝負なんて気が進まない。

私はどうにかこの話を逸《そ》らせないかと何か喋《しゃべ》ろうとする。

しかし会話を打ち切ったのは見知らぬとある男女で――

「待って堀井くーん！」

「こっちだよスーザン」

私たちの後ろから、カップルがいちゃつきながら抜き去っていく。

問題はその格好、追いかけている女性が鎧《よろい》武者、追われている男が甲冑《かっちゅう》騎士なこと。

……あれは、なんだ？

「ママ、あれなーに？」

「見ちゃいけません！」

近くにいた子供も私と同じ反応で、それを母親が不審者を見る眼で追っている。

しかしこれは決闘の話題から切り替えるチャンスだ！

「き、奇天烈《きてれつ》な人たちだったねリルベットさん」

私はすかさず謎のカップルのことを言った。

「あ、あんな格好の人たち、初めて見たよっ」

「……初めて、本当に？」

すると更に訝しむ眼を私に向ける。

「ご、ごめん、本当は、鎧武者は見たことありました……」

なにせ実家に飾ってあったのだ。さすがに勢いで言ったので嘘《うそ》くさかったのだろう。

「西洋甲冑の騎士は？」

「それは本当に見たことないと思うけど」

「よく思い出してください」

「いや、本当にないよ！」

「………」

リルベットさんは無言になった。

「……まだ、ここまで来て、忘れているのですか」

なにこの重い空気⁉　さっきよりもずっと暗くない⁉

「……あれだけ稽古で剣を交わしてもダメ。今のわたしの方法では甘いのかもしれない」

ボソッと独り言を落とすと、つま先の向きを私の方へと向けた。

「絶花」

リルベットさんは意を決したように告げた。

「これからわたしの家へ来ませんか？」

ということで、急遽《きゅうきょ》なぜか彼女のお家《うち》にお邪魔することになった。

どうせ帰っても一人だ、私はせっかくのお誘いだと彼女の後を付いていく。

「フランスから来たんですよね？　ここではどんな所に住んでいるんですか？」

「ホテルで暮らしています」

前から気品がある所作だと思っていたが、やはりお金持ちなのだろうか。

「今は城に住んでいます」

「城……？」

「ええ。それを見つけた時にはここに居を構えようと即決しました」

駒王町に城などという歴史的建造物があっただろうか？

そもそもあったとしてホテルとして使えるのか？

リルベットさんのことだ、大袈裟《おおげさ》に言っているだけだろうなんて考えてしまう。

――それが、大きな間違いだった。

「到着しました」

しばらく歩くと、確かに目の前には城が建っていた。

日本式のではない、ヨーロッパにあるような西洋風の建築物だ。

「どうです、なかなか立派でしょう」

「り、リルベットさん、ここって……」

入口には休憩いくら、宿泊いくらと表記されていた。

知識に乏しい私でも、中学生が入って良いような場所ではないと分かる。

「部屋は最上階です」

スイートルームを貸し切っていると豪語するが、問題はそんなことではなくて。

「ここ普通のホテルじゃなくて、その、あの――」

「さぁ、付いてきなさい！」

立ち止まってしまった私の手をひっぱり、ズカズカと前に進んでいく。

（本当に入るの――!?）

今さら拒否できるような空気ではなかった。

私にできることは、向かう途中で誰にも会わないことを祈るだけである。

「――荷物はそこに。楽にしてください」

なんとか辿《たど》り着いた最上階の部屋は、まさに豪華絢爛《ごうかけんらん》といった感じだった。

面積もとにかく広く、間取りや設備は一軒家のものと相違ないぐらいだ。

「キッチンまでついてるし……」

「日本では普通でしょう？　夕食を作りますので寛《くつろ》いでいなさい」

普通……かは知りません。初めて来たので。

リルベットさんはブレザーを脱ぐと、エプロンを着けて料理を始めた。

ただ待っているのも申し訳なくて、何か手伝えないかと彼女の隣に立つ。

「絶花は料理ができるのですか？」

「あんまり、できない、かもです」

「厨房《ちゅうぼう》もまた戦場。生半可な決意で立ってもらっては困る」

するとリルベットさんが包丁を取り出して、私の方に向かってくるではないか。

もしかして殺される!?　料理を舐《な》めてごめんなさい！

「――食材を切るぐらいのことはできますね？」

彼女は口調とは裏腹に、柔和な表情で柄を差し出してきたのだった。

「良かった……てっきり私が料理されるのかと……」

「？　どういう意味ですか？」

「な、何でもないです！　安心して！　刃物の扱いだけなら誰にも負けないから！」

「そこまで真剣な顔つきになられると逆に不安ですが……では、頼みます」

そうして食卓に並んだのは見事な料理の数々、どれもフランスの家庭料理だという。

「お、おいしいっ！」

一口食べて思わず声が出てしまう。

「当然です。なにせわたしと……絶花が作ったのですから」

私は野菜を切って後は見ていただけだ。リルベットさんの技術が素晴らしいのだ。

「ほら口元に付いている。そんなに慌ただしく食べる必要はありませんよ」

対面にいたリルベットさんが身を乗り出して、私の口元をさっと拭ってしまう。

随分と手慣れた動きというか、もしかして年の離れた妹か弟でもいるのだろうか。

「て、手料理を食べたのは久しぶりで……」

実家ではいつもお祖母《ばあ》ちゃんが作ってくれたから、こっちに来てからはコンビニやスーパーで買って済ませるしかない毎日だった。

私は次々とそれを食べながら、リルベットさんは本当にすごいと何度も感想を言う。

「っふ、そんなに褒められると悪い気はしない」

リルベットさんは平然とそう言うが、少しだけ視線を外して小さく呟《つぶや》く。

「な、なんなら、決闘が来る日まで、毎日作ってもいいんですよ？」

「それは申し訳ない気がするけど、でもオカ剣に作っていったら皆も喜ぶと思います」

「……他の人は、別に………………」

珍しくモゴモゴと何か言っているが、ハッキリとは聞き取れない。

結局、その後はリルベットさんとは色々なことを喋りながら食事が進んだ。

剣術のこと、学園のこと、部活のこと。

中身があるかどうかは分からないけれど、でも充実した時間だったと思う。

「――今日は泊まっていくといい」

お腹《なか》も落ち着いた頃、唐突にリルベットさんがそう言った。

「いやいやいや！　いきなりお泊まりなんて！」

「気にしなくていい。どうせわたしも一人暮らしの身だ」

そういうことじゃなくて、この場所的に泊まるのは色々問題あるというか。

そもそも足を踏み入れただけでも大問題なんだろうけど……。

「お風呂《ふろ》は沸かしておいた。今日はわたしの部屋着を着ればいい」

「でも……」

「脱いだ衣類は洗濯機の中へ。型崩れしやすいもの、装飾がついているものは傍《そば》にあるネットに入れておいてください」

「その……」

「もしやわたしが貴公の下着におかしなことをすると危惧しているのですか？　そう不安がらずとも少しだけ吟味したら普通に洗濯しますよ」

少し吟味ってどういうこと!?　普通の洗濯じゃないよねそれ!?

「あ、あと、途中で乱入してきたりしないですよね……？」

「ダメなんですか？」

「ダメだよ！」

「っふ、冗談です。さぁ行ってください」

心臓に悪い。私はリルベットさんにお先にとバスルームへ向かったのだった。

「お風呂も豪華……」

やはり場所が場所だけあり、浴槽の広さも格も家庭のものとは違う。

「ふう……」

身体《からだ》を洗った後、湯船に首まで身体を沈め、ぼんやりと天井を眺めた。

「お風呂に浸《つ》かったの、久しぶりだなぁ……」

実家を出た後は、ずっとシャワーで済ませていた。

やはり日本人だからなのだろうか、やけに心が落ち着くような気がする。

「リルベットさん、良《い》い人だな」

いくら決闘のためとはいえ、ここまで尽くしてくれるなんて初めは思わなかった。

「なんで私のためにそこまでしてくれるんだろう」

決闘だけでなく、意地だとかなんとか言っていたけれど。

初対面にも拘《かか》わらず、最初から私に対して何か執念じみたものを感じるし。

「私、リルベットさんのこと全然知らないな……」

料理が上手なこと、自信過剰なこと、意外と面倒見が良いこと。

表面的なことはなんとなく分かっているつもりだ。

しかし彼女の本質、なぜ戦うのかを私は知らない。

最強の騎士になると言っていたけれど、最強を目指す理由がまだ見えないのだ。

「いつか、分かるかな」

ぼーっとする頭でぼんやりと考える。

今は、この時間にもう少しだけ甘んじよう。

私は濡《ぬ》れて張り付いた前髪を払おうと腕を上げた。

その時、肘が傍にあったタッチパネルに当たってしまう。

「へ？」

すると明かりが消え、七色のネオンが光り出す。

「な、なな、何事――!?」

しかも謎の音楽まで流れて、まったりしていた時間が嘘《うそ》のように何か始まってしまう。

「ど、どうやって止め――」

元に戻そうとタッチパネルを連打するが状況は変わらない。

そこに異変を感じたリルベットさんが、血相を変えて飛び込んできてしまって。

「絶花！　どうしま……」

「へ」

丸裸を、リルベットさんに見られてしまう。

彼女は私の頭の先から爪先まで観察し、最後にその眼《め》が胸元に戻って止まる。

「見事な、おっぱい」

ぼそりと呟いたその言葉が浴室に響いた。

「い、いやぁ――――！」

その日、私は人生で一番大きな叫び声を上げた。


―○●○―


「ふぅ……」

髪の毛を乾かし、ベッドに腰を据える。

手元には綺麗《きれい》に折りたたまれた寝間着が置かれているが――

「ネグリジェっていうんだっけ、初めて見た……」

最初に用意されていたのは薄生地のそれだった。しかしこんなものを私が着られるはずがなく、不服そうなリルベットさんに頼み込んで学園のジャージを貸してもらった。

「落ち着かない……」

服から他人の、しかも甘い匂いがしてくるのだ。

それによく考えれば、この部屋にはベッドが一つしかない。

キングサイズと呼ばれるものらしく、二人が寝るスペースは十分にある。

しかし同じベッドで、同世代の女の子と寝るなんて、どうしたって緊張してしまう。

「お待たせしまし……なぜ正座をしている？」

月のようなゴールドブロンドをまとめたリルベットさんが現れる。

彼女は私と違い、ネグリジェを完璧に着こなしていた。

改めて見ると、本当にこれが寝間着なのかと疑いたくなるほど扇情的だ。

……これが当たり前のヨーロッパ、私は一生住めないだろうな。

「もっと楽にしなさい。これから殺し合おうというわけではないのですから」

こちらがあまりに固くては、彼女も気が休まらないだろう。

私はなんとか足を崩し、床暖房が効いている地面に両足を着けた。

「さて」

リルベットさんが優美な動作で隣に座った。

「…………」

夕食の時はあれだけ喋《しゃべ》っていたのに、なぜかお互い無言になってしまう。

なんだろう、胸がざわざわする。

「先ほど渡した化粧水はつけたようですね」

寝る前にスキンケアをしないと言ったら、リルベットさんにひどく叱られた。

そして高そうな化粧品をいくつも渡され、しっかりと手順まで説明される始末だ。

リルベットさんと同じような香りが自分からして変な気分である。

「歯は、磨きましたか？」

「う、うん」

「爪は短くしましたか？」

「爪？　昨日切ったばかりだけど？」

「……しっかりヤスリもかけていますね、ならばいい」

フランスでは就寝前に爪を手入れする習慣でもあるのだろうか？

「それでは、明かりを落とします」

リルベットさんはベッドに備えられたスイッチを操作する。

白い光から切り替わり、淡い暖色が部屋を支配した。

「暗闇では何も見えないですから、これぐらいの明かりは必要でしょう」

よく分からないが、彼女は真っ暗では寝られない性格なのだろうか。

なんであれ、今日も無事に終えられそうである。

私は安心したと思い、ベッドに仰向けで横たわった。

「……リルベットさん？」

しかし肝心の彼女が横にならない。

それどころかおずおずと進んで来て、私の腰元あたりに馬乗りになった。

「こういったことは経験がない。しかし必ずやり遂げてみせます」

意味深なことを言うと、彼女はネグリジェを脱ぎ去った。

「り、りり、リルベットさん⁉」

薄明かりの下に、真っ白な肢体と、封じ込まれていたおっぱいがさらけ出される。

「えっと、裸にならないと、眠れないタイプみたいな……?」

「なにを戯言《たわごと》を。これから夜伽《よとぎ》をするのに衣服は不要でしょう」

「よ――よ、よよよ、夜伽⁉」

ブラジャーのホックまで外そうとする彼女に、思わず待ったを浴びせてしまう。

「一夜を共にするというのだから、そういうことです」

「いやいやいやいや！」

「おっぱい嫌いの克服も、こうして直接経験した方が手っ取り早いと考えます」

今回の暴走はもう今までの比ではない、こんなこと予想もしてなかった。

「不安がらずともわたしも初めての身。それとも絶花は経験者なのですか?」

「あ、あるわけないですっ！」

「ならばお互い初心者。過度に恐れることはありません」

ただし、と彼女は付け加えて。

「決闘の約束として、もしも貴公が勝利したらこの身を差し出すと言いました。よって今日はそこまでアブノーマルなプレイはできません。あくまでスタンダードに——」

そんなことはどうでもいいよ！

しかし身体はしっかりマウントされて逃げられず、私は頭部だけなんとか持ち上げるが。

「刺青《いれずみ》……？」

自分の頭を一瞬冷静にさせたのは、彼女の腹部に刻まれた紋様だった。

「……ああ、これですか」

リルベットさんは釣られるように己の腹部を見た。

「正しくは呪いです」

「呪い？」

それからリルベットさんは初めて眼帯を外す。そこには金色に輝く眼があった。

「わたしの身体は、邪龍《じゃりゅう》の力に侵されている」

リルベットさんが自らの腹部をなぞり、それから金色の眼を手で塞いだ。

「身体を重ねる前に、わたしのことを、お話ししましょう——」

リルベット・D・リュネールから語られたのはお伽噺《とぎばなし》のような話だった。

しかし英雄譚《たん》ではない。

それは絶望と恥辱にまみれた、彼女の人生そのものである。

『――わたしは、英雄の子孫として生まれた』

大騎士ダルタニャンの血を継いだ一族。

騎士爵を賜ったリュネール家の長女として彼女は生を受けた。

『――両親は厳しくも優しい人物でした。妹もわたしのことを姉として慕ってくれた』

彼女は真《ま》っ直《す》ぐに育った。

誉れ高き騎士であれ、人々を守ることのできる騎士であれ。

そして英雄ダルタニャンが、三銃士と共に悪官を倒したように、仲間との絆《きずな》を大切にしなさいと教わって生きてきた。

『――リュネール家には沢山の騎士がいた。彼らに認められるよう全力で努力した』

それが次代のダルタニャンとしての宿命だった。

自らが手本となる騎士となり、一族一丸となって民を守り抜くのだと。

『――宿命を苦と思ったことはなかった。むしろ生き甲斐《いがい》だと誇りにすら思っていた』

周囲との関係はとても良好だったという。
すれ違って挨拶する人、共に修行をする人、彼らのことを大切な仲間と愛していた。
毎日が笑顔に溢《あふ》れ、とても充実した毎日を送っていたそうだ。
『――だがあの邪龍が、正しくは邪龍の力を宿す者が現れ、全てが変わってしまった』
数年前、リルベットさんの故郷に、悪《あ》しきドラゴンの力の使い手が現れた。
かの者は、まさに邪龍そのものと呼べる強さで、瞬《また》く間《ま》に人や町を蹂躙《じゅうりん》したのである。
『――わたしは周りを助けようと必死だった』
一人で戦って勝てる相手でないことは分かっていた。
しかし先祖がそうしたように、皆で戦えば勝てると信じて立ち上がったのだ。
『――だが現実は違った』
全てが炎で焼かれる中で敵と対峙《たいじ》する。
しかし臆することはない、仲間がいると信じて後ろを振り向いた。
『――そこには、誰もいなかった』
人々は自分の命を守ることしか考えていなかったのだ。
あれだけ共に修行をした騎士たちに、一緒に戦おうと声を張り上げて引き留めた。
『――彼らにはこう言われました、一人で勝手に戦えと』

そう言うリルベットさんは、見たことのない物寂しい顔をしていた。

『――あれだけ誇りがどうと言っていたのに、みんな死にたくないと我先に逃げていく』

それでもせめて家族は、幼い妹だけは生きてほしいと、逃げていく彼らに託そうとした。

『――他人の子供なんてどうでもいいと、吐き捨てられましたよ』

結局、彼女が仲間だと信じていた人々は、仲間でもなんでもなかったのだ。

『――やつはそんなわたしを見て嗤《わら》っていた。なんて愚かな娘だと』

彼女は黄金の瞳を瞼《まぶた》の上からさすった、まるで痛みを紛らわすように。

『――そしてわたしだけを生かした。呪いを背負い一生を悔いて生きろと』

最終的に、一族も民衆も炎に焼かれ死んでしまった。

自らを姉と慕ってくれた妹は、いまだ遺体すら発見されていないという。

『――必死に捜した。瓦礫《がれき》をどかし、土と泥にまみれ、だけど妹は見つからない』

ようやく見つけられたのは、妹が身につけていた青い髪留めだけだった。

普段リルベットさんが髪をまとめているそれである。

『――わたしは悟った。仲間など何の頼りにもならないと』

だから、孤高を選んだ。

『――真の強者とは、常に孤独なもの』

家族はもういない。そして友も恋人も仲間も求めない。

自分一人で剣の道を進む覚悟を決めた。

『――全てを失ったあの日、わたしは最強の騎士となり、必ずこの手であの仇敵《きゅうてき》を討つと誓ったのです』

リルベットさんの黄金には、復讐《ふくしゅう》の炎が燃えていた――


「醜いでしょう？」

腹部に刻まれた呪いを撫《な》でながら、彼女は俯《うつむ》いている。

「左目に宿った神器《セイクリッド・ギア》も、元は真っ当な神器《セイクリッド・ギア》でした」

しかし呪いを受けて亜種化してしまい、今では邪龍の力がそこに宿っている。

「ときどき、身体《からだ》の奥から力が溢れて、どうしようもなくなる時があります」

全てを壊したくなる、全てを滅ぼしたくなる、そんな狂気に駆られるという。

「いつまで、わたしはわたしでいられるのか」

段々と呪いの力は高まっていると述べる。神器《セイクリッド・ギア》が変質してしまったのがその証左だ。

「残された時間は、もう長くない」

外部から植え付けられたドラゴンの力に、人間がまともに耐えられるわけがない。

次第に魂さえも呪いに侵され、彼女は意思を失いドラゴンとなってしまう。

「だから早く強くならなくてはいけない」

彼女は最初に言っていた、最強となるためにこの学園に来たと。

「そのためには、どうしても宮本絶花を超えなくてはいけないのです」

「私を、超える？」

「貴公にすら勝てなくて、あの怨敵に復讐を遂げられるはずもない」

「そ、そんな風に言われるほど、大した人間じゃ……」

その評価はあまりに買いかぶりすぎというものだ。

私はなんとか作った表情を浮かべて否定をしようとする。

「――絶花はいつもそうです」

リルベットさんの瞳が鋭くなる。その声音には怒りが滲《にじ》んでいた。

「力があるのに無意味に自分を貶《おとし》める。あの時の絶花はあんなにも輝いていたのに」

「あ、あの時？」

「……貴公は覚えていないのでしたね。やはり思い出すこともない。それでわたしが味わった悔しさも知らないでしょう」

親しいと思っていた人に他人として扱われるような、そんな気持ちと。

でも私とリルベットさんは、確かにこの学園で初めて出会ったはずで……。

「あれほどの剣技を、あれほどの才能を、わたしは見たことがありませんでしたよ」

まるで大切な記憶を思い出すように言葉を紡《つむ》ぐ。

「正直に言って憧れました。どれだけ敵に囲まれようと、どれだけの傷を負おうとも、たった一人で逆境を跳ね返す。あれこそがわたしの目指すべき理想像なのだと思った」

リルベットさんは総括するように告げた。

「――絶花は、わたしの英雄《ヒーロー》だったんです」

夢が人を動かす、私も、そしてリルベットさんもそうなのである。

「だから、わたしの憧れをそんな簡単に否定しないでください」

「逆境でも戦うっていうけど……私はただおっぱいに追われて……」

「また、おっぱいのせいにするのですか？」

「え」

「おっぱいが全て悪いのですか？　おっぱいがあるから上手《うま》くいかないのですか？」

「それは……」

つい、黙ってしまう。

「貴公の敵は、本当におっぱいなのですか――？」

リルベットさんは、私の右手を取り、自身のおっぱいへと運んだ。

手の平に、大きく柔らかい、白い膨らみの感触が伝わってくる。

「聞こえますか、わたしの胸の高鳴りが」

聞こえる。ドクンドクンと激しく鳴っている。

「絶花が、わたしをこうしたんですよ？」

リルベットさんの顔がぐっと私に近づく。

そして、そのまま唇が触れ合ってしまいそうになり――

「り、リルベットさん！」

私は思わず彼女を反対へ押しのけていた。

「こ、こういうことは、よくないというか……」

受け入れられない、口で何と言おうと態度がそう物語っていた。

「今のは、おっぱいが嫌で拒絶したのですか？」

彼女はまるでこうなることが分かっていたかのように続ける。

「それとも、わたしという人間と、繋《つな》がることを拒絶したのですか？」

リルベットさんを押しのけたとき、おっぱいのことなど私の頭の中にはなかった。

ただ、先に進むのが怖くて、関係が変わることが怖くて。

私はいつものように、おっぱいを言い訳にすることができなかった。

「別に、最初からわたしは、誰かを求めていたわけではない。そもそも自分が絶花に好かれるような人間だとも思っていませんでしたから」

「リルベットさん……私は……」

「ただ、分かっていても、切ないものですね」

あくまで仮初めの関係、これより先に進むことは許されない。

それは私の拒絶によって選ばれた道だ。

「でもこれでいいのです」

この時のリルベットさんに、なんと声をかけたらいいのか分からなかった。

「思い出せないのなら、刻み込んでしまえばいい」

彼女は寂しげに笑った。

「あなたはもう——わたしを忘れられない」

―○●○―

「……絶花？」

まだ夜も明けぬ早朝。

私が支度をしていると、リルベットさんが寝ぼけた様子で起き上がってきた。

「随分と、早いのですね」

着崩れたネグリジェから、肩やら胸やら露出が激しい。

昨夜の一件のこともあり、ちゃんと目線を合わせることができなかった。

「起こしちゃいましたか」

「もう、行ってしまうのですか……？」

「帰って、少し、身体を動かしたい気分なので」

自分の中にある感情がまだ上手く処理できない。

リルベットさんは私にとって何だ？

私は、何だ？

考えても答えは出なくて、こういう時はだいたい剣を振るうようにしている。

「なら、一緒にランニングでもしますか」

リルベットさんは寝ぼけ眼で微笑《ほほえ》んだ。

私が返答に困っていると、彼女はテキパキと身支度を整え始める。

それから私は、同じ学園のジャージを着たリルベットさんと近所を走ることになった。

「──まだ誰もいませんね」

いつもの河川敷《かせんじき》、隣を走るリルベットさんが囁《ささや》いた。

「もう一枚中に着てきても良かったかもしれません」

秋の早朝は相当に冷え込んでいる。吐き出す息も薄《うっす》らと白くなっていた。

「……絶花、無視しないでください」

無言で走っていた私は、じとっとした眼《め》で見られる。

「無視は、してないけど」

「昨夜のことで気まずいのですか？」

「う……」

「無理に余裕ぶる必要はない。むしろ余裕綽々《よゆうしゃくしゃく》だったらムカつきます」

「なんて自己中……」

しかしナルシスト扱いされたリルベットさんは、満足げに表情を綻ばせる。

ようやく自分のことが分かってきたな、と。

「絶花は」

走りながら、私たちは、お互いの話をする。

「この学園で何がしたいのですか？」

「……青春」

「青春とは？　なにがあれば満足なのですか？」

「……友達が、ほしいよ」

お互い前しか見ず、言葉だけが交差する。

「あれだけの強さがあって友が必要ですか？」

だから強くなんかない——と言いかけて。

憧れを否定しないでくれと言われたことを思い出す。

「ずっと、夢だったんだ」

「友を作ることがですか？」

「一人も、できたことないから」

私はひとりぼっちだった過去を打ち明けた。

恥ずかしい話だから、滅多にそれを喋《しゃべ》ったことはなかったけれど。

しかし彼女になら、教えてもいいと思えたのである。

「強者である貴公に友が必要とは思えない。しかしそれは一旦置いておいて。友を作るなどという行為は、幼子でも容易に可能なことではありませんか？」

まだ物心もつかぬ子供ですら、仲の良い誰かができて遊んだりする。

言いたいことは分かるが、それが中学生にもなる自分にできていないのが現実だ。

「友達になろう、相手にそう伝えれば済むことです」

「簡単に言うけどさ……」

「なにか難しいところでも？」

「…………」

結局の話、私には面と向かって、誰かにそれを言えるだけの勇気がないのだ。

どうしても、孤独であった過去が頭を過《よぎ》る。

拒絶されたらどうしようと、不安になっていつも逃げてしまう。

（でも、私だって、昨日リルベットさんを拒絶して――）

今になって、自分がしたことの重大さが身に染《し》みる。

すぐに謝りたくなって、でもそれは逃げなんじゃないかと踏み留《とど》まった。

口下手な私、言葉をどれだけ並べても、きっとこの大きすぎる想《おも》いは伝えられない。

「やっぱり私は、気軽に友達になろうなんて言えないよ」

「それもまた絶花らしいと言っておきましょう」

彼女は鼻で笑った、しかしそこに侮蔑は感じない。

「リルベットさんに言ったら怒る？」

「怒りません。ただ言えたところで貴公の友にはなれませんが」

「……孤高で最強ですもんね」

「その通り。真の強者は常に一人でいるものです」

それもまた彼女の過去の経験に裏付けられたものだ。

頼れるのは自分だけ、彼女もまた彼女のらしさを貫いている。

「しかし言葉にしなくては始まりません。まずはわたし以外に言うことを目指しなさい」

「リルベットさん以外に言っても仕方ないでしょ」

「…………」

「どうしたの？」

「いえ……」

急に無言になったけれど、リルベットさんは何でもないと首を横に振る。

「そういえば、間もなく学園祭ですね」

「もう明後日《あさって》だよ」

「稽古も大詰めです」

「そうだね」

「成功、させますよ」

「うん」

大した会話ではない、けど気取らなくても良いこの空気が心地よい。

朝に感じていた気まずさは、いつの間にかどこかに消えていた。

「絶花、競走をしませんか」

「決闘ってこと？　勝っても何もあげられないよ？」

「ふふ。ただ全力で走りたいだけです」

「そっか。じゃあ走ろ」

いつしか残月は薄れ、太陽が昇ろうとしていた。


—○●○—


——そうして学園祭当日である。

私たちは、控え室となっている教室の一角で準備を進めていた。

「「「「完璧な美少女がいる……」」」」

アヴィ部長、リルベットさん、シュベルトさん、ベネムネ先生。

四人は私を見て謎の盛り上がりを見せる。

設置された姿見には、化粧を施され、派手な着物をまとった私がいた。

「おっぱいドラゴンの衣装って鎧《よろい》でしたよね……？」

映像で観た彼とは姿形が違いすぎると、衣装担当である先生を疑うように問う。

「あれも格好いいとは思う。けどせっかく可愛《かわい》い女の子たちが演じるんだ。どうせならクールでキュートなサムライ風に仕上げようと思ってね」

同じ路線でやりたくないと言うが、だからって着物風衣装になるなんて……。

兜《かぶと》で隠せると思っていた顔は丸見え、なにより気になるのは――

「やっぱり、下着はあった方が……」

「着物の下は全裸！　それが古来からのならわしだ！」

「本来なら襦袢《じゅばん》を下に着ますし、もし何かあってはだけたりしたら――」

「ああ、伝統って素晴らしい！　日本最高！　サムライ最高！」

ダメだ、先生は私の意見を受け付けるつもりはないらしい。

「ちなみにイメージとしては、九〇年代前後の少女向け漫画で――」

自分の世界を展開し始める先生。まともに聞いていたら長いので割愛とする。

「良《い》いではないですか絶花。本物にこだわることは悪いことではありません」

「リルベットさんは下に着てるからそう言えるんだよ……」

「わたしは洋風なのですから当たり前です。どこに素肌に正装を着る女がいると?」

「目の前にいるよ!」

ヴィランとなるファング役、リルベットさんはヨーロッパの貴族みたいな衣装だ。

剣を腰に差しているから騎士風とも言える。

「できれば愛剣を使いたかったのですが、模造刀というのだけが無念です」

「学園祭で真剣は無理だよ……」

残念そうにするリルベットさんに対し、私は安心して偽物《にせもの》の刀を差すことができる。

「刀を装備するとなおかっこいいね絶花ちゃん! 様になってるよ!」

「ま、まぁ、着物は実家でよく着てましたから」

こうして刀を佩《は》いて戦場に赴くことも何度かあったりしたのだ。

そうこうしていると、登壇まであと数十分、スタッフがオカ剣を呼び出しに来た。

私たちの学園祭、その集大成をいよいよ見せる時がきたのである。


——舞台裏。

演じる場所は講堂と呼ばれるところで、普段は全校集会などで使われている。

もう間もなく出番となり、私たちは円陣を組んで顔を向かい合わせていた。

「ついに本番だね！」

アヴィ部長が力強く発する。

彼女はいつも通り元気いっぱいで、他のメンバーもまったく動じていない。

私なんか緊張でおっぱいが張り裂けそうである。

「本番前にこんなことを言うのもあれですけど……」

弱気になってしまい、つい不安を吐露してしまう。

「お客さん、本当にいますかね……？」

中等部の学園祭は閑古鳥が鳴いていると以前聞いた。

なら意気揚々とステージに立っても、そこに誰も居ないなんてことはないだろうか。

「それは安心して！　プロモーションはしっかりやったよ！」

「具体的にはこういう感じっすね――」

シュベルトさんは私たちに自身の携帯画面を見せてくれる。

そこには中等部の本校舎を撮った写真があって……。

『打倒生徒会！　オカ剣が革命を起こす！』

建物にとんでもなく大きな幕がかかり、そんなことが書いてある。

しかもどこで撮ったのか、私の顔まで一緒に印刷されているのだ。

「合成写真ですか？」

「本物写真っす」

「か、顔写真を載せる許可出してないですし……肖像権とか……」

「ボクハー、カイガイ、シュッシン、ニホンゴ、ワカリマセーン」

この人、後で本当に生徒会に訴えてやろうかなっ！

「まぁ真面目に話すと、結局のところはやっぱり注目集めたいですから。皆が練習している間に僕と部長さんで作ってました。これを昨日には張り出した感じです」

「前日って、私そんなの見てないけど」

「そりゃ普段から下向いて歩いてるからっすよ」

そう言われると何も反論できない……。

「ついでにこんな大幕もあります」

「まだあるの⁉」

主要な建物には張り出したと、シュベルトさんは画面をスライドさせ見せてくれる。

『学園最強、宮本絶花の初舞台！』

『おっぱいサムライVSダークネスナイト、世紀の一戦！』

『オカルト剣究部がナンバーワン！』

『激務反対！　生徒会は働き方を見直せ！』

一番最後はもはや学園祭とは関係ない。

というかシュベルトさんの個人的願望なんじゃないか？

「あと拡声器を持って走り回ったよ！」

アヴィ部長が高らかに誇る。宣伝しながら走っている光景が目に浮かぶ。

「中等部は体育会系ですから、特に最強とかナンバーワンって単語には敏感っすよ」

「それ、お客さんというより敵を増やしただけのような……」

「しかも生徒会もとい柳生《やぎゅう》会長に喧嘩《けんか》を売るようなやり方、バリ目立つっす」

「バリ目立ちというか指名手配……」

学園中にこんな広告を打ったというなら、無視をしようというのが難しい話だ。

「実際スタッフの子に確認したら、過去例に見ないほどの入場者数だそうです」

でしょうね！　だって喧嘩売られてるんだし！

「特別遠征中の生徒等を除き、ほぼ全ての生徒が来ていると考えてください」

ただでさえ緊張しているのに、余計にプレッシャーをかけられた気分だ。

「そんなこととして、生徒会長は怒ってないんですか……？」

「それが恐ろしいほど静かなんすよ。源先輩なんか楽しみだって一生懸命てるてる坊主《ぼうず》作ってましたし」

「ミーナ先輩……」

「でもどっちにしろ室内開催っすから。ちょっとアホですよね」

アホとか言うな！　ミーナ先輩すごく良い人じゃないか！

「リュネールさんはその美貌から真っ当に人気ありますし、宮本さんに関してはカルト的なファンも多いですから。そも最初から注目度は高いっすよ」

カルト的ファンなんて初耳だが、真偽はどうであれひとまずお客さんはいる。

後は自分たちがどれだけ練習の成果を出せるかどうかだろう。

「オカルト剣究部の皆さん、本番五分前です」

スタッフの人がスタンバイを告げる。

「――今まで色んなことがあったねー」

アヴィ部長が唐突に語り出す。しかしそれを遮るようなことはない。

「絶花ちゃん、シュベちゃん、リルちゃん、こんなにもオカ剣に仲間が増えるなんて」

私たちは自然と聞き入る。やはり最後にまとめあげるのは彼女をおいて他にいない。

「一緒に練習をして、一緒に走り回って、一緒に悩むこともあって、それに絶花ちゃんが山盛りのラーメンに苦しんだこともあったりして」

最後のそれは言わなくていいです。次は小盛にしますよ。

「緊張するな、平然とやれ、そんなことはできないと思う」

それでもアヴィ部長は意気揚々と胸を張る。

「元気と根気とやる気！　あたしたちなら絶対成功できる！」

彼女は勢いよく右手を前に出した。

「ま、ここまで来たら、なるようになるっす」

シュベルトさんがゆるゆると左手をそこに重ねた。

「完璧に演じてみせましょう」

リルベットさんが余裕そうに右手を出す。

「結果がどうであれ、悔いは残さないようにね」

先生も愉《たの》しそうな仕草でそれに応える。

「さ、絶花ちゃんも！」

アヴィ部長に呼びかけられ、私もそこに右手を差し出した。

全員の手が一点で交わり、互いの視線が揺るぎなく合致する。

「オカ剣、行くよ――！」

「「「「おー！」」」」

私たちの、勝負が始まった。

――舞台が幕を開ける。

帳《とばり》がゆっくりと上がり、真っ暗だったステージに、淡い赤色の照明が向けられた。

ステージの中央には、主人公である私がひとり立っている。

『――昔々』

静寂に包まれた講堂に、ナレーションが鳴り渡る。

『あるところに、おっぱいが大好きなサムライが住んでいた』

本当にアヴィ部長の声なのか疑うほど、落ち着いたナレーションが続く。

『晴れの日も、雨の日も、嵐の日も、彼女はおっぱいを求めて剣を振るう』

すると天井から大量の紅葉が落ちてくる。桜吹雪ならぬ紅吹雪だ。

これはシュベルトさんの演出で、清掃活動という名目で葉を拾って再利用したもの。

ステージの上は瞬時に赤く染め上げられた。

「――――――」

私は腰に差していた二振りの刀を静かに抜いた。

それからゆったりとした動作で、それを流れるように振るって見せる。

自分の容姿がどうかは知らない、しかし剣に関してはずっと鍛錬してきたのだ。
だから、この場にいる誰よりも、剣を上手《うま》く使ってみせる。
「……きれい」
観客の姿は見えずとも、息を呑《の》んだのが伝わってくる。
誰かの小さなその呟《つぶや》きが響くほど、会場にはどこか厳粛な雰囲気が漂っていた。
『――彼女こそおっぱいを愛し、おっぱいに愛された、最強の剣士』
アヴィ部長のナレーションが段々と力強くなっていく。
ここが機であると、絶妙な加減で刀身に闘気を纏《まと》わせる。
『――いつしか人々は、この剣士のことをこう呼んだ』
そうして始まりを告げる一刀として、狼煙《のろし》となる鋭い一閃《いっせん》を放った。
床に積もっていた紅葉が、剣圧にさらわれて吹き飛んでいく。
それは観客席へと、星々の如《ごと》く降り注いだ。
『――その名も、おっぱいサムライ！』

―○●○―

派手なBGM、燦々《さんさん》とした照明、打ち鳴らす剣戟音《けんげきおん》。

演目が中盤を過ぎた頃には、会場は異様な盛り上がりを見せていた。

「相手のボディーががら空きだよ！」

「前に出ろ！　もっと攻めてガードを崩さなきゃしょうがないだろ！」

「今は耐えて体力の回復！　相手の手数も減ってきてる！」

「頼むぞォ！　こっちは昼飯代が賭かってんだッッッ！」

ひたすらステージで剣をぶつけ合う私とリルベットさん。

原作のおっぱいドラゴンにあった、和気藹々《わきあいあい》とした雰囲気とはまったく違う。

特撮というよりは、もはや格闘技の試合に近い。

観客からは応援やら悲鳴やら、とにかく大きな歓声が飛び交っていた。

「しぶといな、おっぱいサムライ！」

リルベットさんが鍔迫《つばぜ》り合いの最中で叫ぶ。

私は役を演じながらも、刹那にリルベットさんに話しかける。

「（なんだか想定と違う盛り上がり方というかっ）」

「（少々血なまぐさい気がしますが、観客が楽しんでいるなら良《い》いのでは⁉）」

中等部は体育会系で、しかも超武闘派の気質がある。

それにしたって、剣での試合が始まった途端、もうこのような有り様だ。

(シナリオ通りなら、そろそろ私がリルベットさんの一撃を受けてピンチに、そこでおっぱいパワーが覚醒して逆転勝利っていう流れだけど……)

観客の中には賭けをしている生徒もいるようで、普通に考えたら正義のおっぱいサムライが勝つという流れなのに、なんだか引くに引けない状況である。

ボルテージ冷めやらぬという事態、チラリと舞台袖にいるアヴィ部長に目線を送ると、シュベルトさんやスタッフと何やら話し込んでいるようで……。

「——⁉」

するとリルベットさんの剣を弾いた瞬間、鐘を早打ちしたような音が会場に響く。

まるで格闘技の試合で鳴るゴングのような音がしたのだ。

こんな効果音があることは事前に聞いていない、なにか機材トラブルでも……。

『——第一ラウンド、終了！』

アヴィ部長がナレーションで叫んだ。それに合わせて観客のざわつきも増す。

(第一ラウンド⁉ど、どういうこと⁉)

すかさず舞台袖の両サイドからスタッフたちが現れ、距離をとっていた私とリルベットさんに、それぞれ水やらタオルやらパイプ椅子を持ってくる。

「絶花ちゃん、予定変更で行こう！」

そのスタッフの中にはアヴィ部長がいる。

リルベットさんの方にはシュベルトさんが駆けつけ何か説明していた。

「よ、予定変更って……」

「喋《しゃべ》らないで。今は回復に専念して！」

私の汗をタオルで拭《ぬぐ》いながら、本当の試合であるかのようにそんなことを言う。

「急遽《きゅうきょ》だけどガチンコで戦って！」

「が、ガチンコ……!?」

「ごめん。あまりにも盛り上がりすぎちゃったみたい。このままお約束通りおっぱいサムライが勝つと暴動が起きかねないってさ」

なんですかそれ!?　そんな急展開が許されるんですか!?

「その代わり、おっぱいサムライの歌は歌わなくていいからさ」

それは嬉《うれ》しいけど、そもそも歌っている余裕なんかない。

「ということで、頑張って！」

アヴィ部長はナレーション……というか、もはや実況アナウンサーを務めるべく舞台袖に下がっていく。リルベットさん側のスタッフも次第に外へ捌《は》けて行った。

「──楽しそうね」

もうすぐ再開する、そんな空気が漂い少しだけ歓声も収まってきた。

そんな折、最前席にいた観客の一人が立ち上がり、リルベットさんにそう告げる。

「……なぜ、貴公が、ここに………」

マスクのせいでその観客の顔はよく分からない。しかしリルベットさんは相手を見て愕《がく》然《ぜん》とした表情をしていた。

「なぜって、いつまでも成果を出さない部下の様子を見に来たのよ」

「し、史文──」

「今のアタシなら町の結界の中にも入れるってこと」

「そうか……絶花に、力を奪われたから……」

「次戦の対策は用意したけどね。それを使えばここで大暴れできたりもするわ。同じ英雄派でも曹操《そうそう》と違って、アタシたちの大帝《リーダー》なら許してくれるでしょう」

「だ、ダメだ、学園では……」

「ふふ、よっぽど大切なのね、ますます壊したくなっちゃう」

彼女はそう言い残すと観客席に戻っていった。

部下？　成果？　結界？　距離のあった私は話の全容をよく把握できない。

『――セコンドアウト！』

実況が轟《とどろ》くと、観客も試合の再開に声を上げ、踏みならす地団駄が会場を揺らす。

先ほどの謎の観客について、追及をする余裕はなさそうだ。

『――第二ラウンド、ファイ！』

ゴングが鳴ると、私たちは再び剣をぶつけ合うことになる。

（リルベットさんの剣に、勢いがない――？）

途端、先ほどまでのキレをまったく感じなくなる。

動きも精彩を欠き、剣から感じるプレッシャーも消えてしまう。

どういうことだと相手を見ると、彼女はとても苦しそうな顔をしていた。

リルベットさん……？

「ファング！　剣が鈍ってんぞ！」

「そんなんで勝てると思ってるのか⁉」

「真面目にやれ！　さっきまでの動きはどうした！」

流石《さすが》というか、リルベットさんの異変に観客たちはすぐに気づいた。

すると激励というよりは、野次や罵声に近い言葉を浴びせるようになる。

こういう時、いつものリルベットさんなら鼻で笑い飛ばしそうなものだけど。

「……っ！」

しかしどれだけ言われても、ますますその顔は深刻さを帯びていく。

どんどん弱気になっていって、普段の剣を知っている私からすれば、信じられないような粗末な剣筋になってしまっている。

それこそ、とてつもなく恐ろしい怪物に見つかってしまった子供のような――

「……すまない」

試合の途中、リルベットさんが小さく言った。

「……巻き込んで、本当に、すまない」

それは私に謝っているというより、ただ独り言として繰り返しているように見えた。

理由は分からない。

しかし彼女が何かを恐れ、萎縮してしまっているのは確実だ。

観客からの容赦ない口撃も増して、本来なら目を背けたくなるような状況が続く。

（私は、この光景を知っている）

おっぱいが光り、おっぱいが大きくなり、皆から指を差されたあの日の記憶。

耳を塞ぎ、視線を落とし、教室の隅でじっと耐えることしかできなかった毎日を。

（あの時は、誰も私を助けてくれなかった）

今の彼女は、昔の私だ。
(普通の人だったら、知らないふりをしてやりすごすべきなのかな)
彼女が教えてくれた自身の過去、誰にも助けてもらえなかった話を思い出す。
──また、おっぱいのせいにするのですか？
そしてあの夜に言われたことを反芻《はんすう》する。あれからずっと考えていた。
私がひとりぼっちになったのは、おっぱいに原因の一つがあるのは間違いない。
だけど、本当にそれだけなのか。
(違う)
かつてはおっぱいに振り回されたかもしれない。
しかし今を生きる私が、いつまでもおっぱいだけを言い訳にしてどうなる。
(今でもおっぱいは大嫌い、それでも──)
目の前にいる仲間を助けられるのなら、トラウマなんか気にしている場合じゃない。
「──私はこれから、おっぱいを乗り越えて行かなきゃいけないんだ」
剣戟が止《や》んだ一瞬の間隙《かんげき》。
私は距離を取ると、勢いよく胸元を開《あ》けた。
着物をほぼ脱いで半裸となり、自らのおっぱいを大衆にさらけ出す。

「「「「おおおおおおおおおおおおおおおおおおお」」」」

突然の脱衣に男女を問わず観客が声を上げる。

リルベットさんに野次を飛ばしていた人たちも、なじることを忘れて釘付《くぎづ》けとなった。

そうだ、おっぱいは、そこにあるだけで人々を振り回す。

もっと私を見ろ、もっと私に感情を向けろ、リルベットさんに立ち上がるチャンスを！

「私は、おっぱいを愛し、おっぱいに愛された剣士！」

天井へ勢いよく剣を掲げ、マイクを通して叫ぶ。

「輝け、私のおっぱい！」

天聖《てんせい》に命じると、私のおっぱいが眩《まばゆ》い光を発した。

きっと観客の大体は、神器《セイクリッド・ギア》の能力ではなく何かの演出だと思っているだろう。

「私は、おっぱいサムライだ！」

これは過去に立ち向かうことへの布告だ。

届けたい相手は観客ではなく、目の前にいるたった一人の少女である。

「どうして……」

彼女はマイクが拾わないほどの小さな声で呟《つぶや》いた。

私がおっぱいを嫌悪《けんお》しているのを知っているからこそ理解できないのだろう。

「不安も、恐怖も、後悔も、一人では乗り越えることができない」

おっぱいから逃げず、立ち向かおうと決められたのは、彼女と出会えたからだ。

「闇の戦士、もしあなたが暗闇の中にいるのなら――」

ダークネスナイトに、いやリルベットさんに向けて叫ぶ。

「私は、このおっぱいの輝きで、それすら晴らしてみせる！」

「絶花……」

「だから、どんと来てよ！」

台詞《せりふ》も何もあったものじゃない。

あまりに無骨な言葉に、リルベットさんが笑った。

「――やっぱりあなたは、わたしの英雄《ヒーロー》だ」

彼女の眼《め》に光が戻る。沈んだ月は再び天へ昇ったのだった。

―○●○―

学園祭が幕を下ろして次の日。

オカ剣は反省会を終えて、各々《おのおの》が帰路に就いていた。

「……新入部員、増えなかったね」

いつもの河川敷《かせんじき》、隣で歩いていたリルベットさんにぼやく。

「まだ一日しか経《た》っていません。落ち込むのは尚早と知りなさい」

「でもあんなに盛り上がったのに」

「盛り上がりすぎて、生徒会に処罰されては仕方ありませんけどね」

舞台自体は成功どころか大成功だった。

事前の派手な広告や、非公式の部が表に出てきたこともお咎《とが》めなく済んだ。

しかしあれから激闘を繰り広げた私とリルベットさんは、会場やら設備やらを斬りまくってしまい、あの後ミーナ先輩たちにはすごく怒られた。

「どうやら学園では、変人四人組と呼ばれているそうです」

「うぅ……」

「周囲からの好感は確実に得ました。ただそこに加わることは嫌だそうですが」

仲が良《い》いグループに今さら入るのは気まずい、そんな気持ちと似ているのだろうか。

「けれど、やってよかった」

リルベットさんは夕日を背に堂々とそう告げる。

「絶花、ありがとうございました」

「……なにか感謝されるようなことしたっけ？」

「わたしを、立ち直らせてくれたではないですか」

それはあの演劇の最中、服をはだけさせ、おっぱいサムライを名乗った時のことだ。

「あれは……あのまま見ていられなかったから……」

「しかし、おっぱいは貴公が最も苦手とするもの、本当は嫌だったのでは？」

「それよりもリルベットさんが皆に言われ放題なのが嫌だったんだ」

彼女の真剣さはずっと見て知っている。

なぜあの時、急に沈んだかは分からないが、黙って見すごすわけにはいかなかった。

「おっぱいで何とかなるならまだ良かった」

「ふふ、おっぱいサムライが板についてきましたね」

「おっぱいサムライ……クラスメイトからもそう呼ばれるようになったよ……」

私たちはそんな日常の話をしながら道を帰っていく。

「あの、リルベットさん」

しばらくして、私は立ち止まって呼びかけた。

（──言おう、友達になろうって）

己は孤高であるとこの人はずっと口にしていた。

一度彼女を拒絶した身、結果はダメなのかもしれない、傷つくことになるかもしれない。

それでも、言ってみなければ分からないだろう。

「私と——」

「絶花には本当に感謝をしています」

しかし一拍早くリルベットさんの方が開口する。

「こんな自分と共にすごしてくれて。気を抜くと本当に仲良くなってしまいそうでした」

けれどその言葉はどこか憂いを帯びている。

「もはやこのまま状況に甘んじてもいいのでは、そんなことすら考えました」

だけど、と。

「あなたが自分自身に立ち向かったように、やはり過去をなかったことにはできない。自らの望むものが何の代償もなく手に入るはずもなかった」

リルベットさんが満月のような笑顔で言った。

「——さようならです、絶花」

Life.3　月の転校生

翌日の放課後、私はリルベットさんの言葉の意味を知ることになる。

「……退部、届け?」

部室に行くと、アヴィ部長は手に封筒を持っていた。

「まだ中身は読んでないよ。絶花ちゃんとシュベちゃんが来てからだと思って」

置き手紙を見つけた部長は、こうしてメンバーが揃《そろ》うのを待っていたという。

「宮本さん、なんか聞いてないんすか?」

「……ううん、リルベットさん今日は学校も休んでたし」

なんにせよ中身を読んでみないことには分からない。

封筒を持ったアヴィ部長を囲むようにして、私たちはそれに目を通し始めた。

「拝啓、オカルト剣究部の皆様へ――」

アヴィ部長がゆっくりと声にしながら読み上げ始めた。

『わたしは英雄派の人間でした』

冒頭はリルベットさんが何者であるかより始まった。

『それは禍の団《カオス・ブリゲード》の派閥の一つであり、各勢力からはテロリストと呼ばれる集団です』

禍の団《カオス・ブリゲード》、その言葉を聞いて、一番に表情を変えたのはシュベルトさんだった。

今まで見たことのないくらい真剣な顔つきになっている。

『この学園に来たのは、宮本絶花の神器《セイクリッド・ギア》を奪うためでした』

私もまた英雄派という単語には聞き覚えがあった。

なにせ約一ヶ月前に襲われたばかりなのだから。

『宮本絶花に近づき、弱点を探り、隙あらば奪えと命じられていたのです』

彼女は工作員だった、水面下でその任務を進めていたのである。

『本来なら学園生活を楽しむなど許される立場ではなかった。しかし貴公らと出会い、共に日々を生き、わたしの中にある感情が芽生えた』

リルベットさんは続ける。

『こんな考えは烏滸《おこ》がましいものだと理解しています』

それでも、と。

『貴公らを、仲間だと思ってしまった』

そう思えばこそ、なぜ今さら命のやり取りをすることができるのか。

『わたしは、仲間を殺すことはできない』

騎士道を生きる人だ、その気持ちに嘘偽《うそ》りはないと分かる。

『学園祭には英雄派の一人である史文恭が現れました』

史文恭、その名前に私は引っかかる。

（夏休みに私を襲った人と、同じ名前、でも力は奪って再起不能に――）

あれは随分と痛い目にあった、それを止めようとしてくれたのは一人ぐらいで。

（……青い、騎士？）

私は思い出す、彼女のことを、そして悟る、あの騎士の正体に――

（……なんで、忘れてたんだ……）

自分のしでかした事の重大さに、またも後になってから気づく。

『彼女らは既に駒王町に集結している。間もなく大規模なテロを起こすつもりでしょう』

気が休むことなく衝撃の事実が続く。

『このまま現状に甘んじることはできない。自らが撒《ま》いた火種は自らの手で消さなくてはいけません。わたしは英雄派たちと決着をつけにいきます』

リルベットさんはそれと決別するためにこの場を去った。

自身の因縁を片付けるために、私たちや学園を守るために。

ひとりで、戦場に赴くことを決めたのだ。

『仲間たちの未来が、明るいものであることを切に願って——』

文章はそう結ばれていた。


退部届け、もとい真実の告白に、私たちは沈黙していた。

リルベットさんのことは仲間だと思っていたのである。

だからこそ彼女がテロリストであったことには驚いた。

(私は、なんで忘れていたんだろう、リルベットさんとの出会いを——……)

どうして相談してくれなかったのか？

そう考えたくなるが、ロクに記憶をしていない自分が、信頼されないのは当然なのだ。

「これは、僕らの領分を著しく超えてるっす」

沈黙を打ち破ったのはシュベルトさんだった。

「早急に上層部へ報告をしなくてはいけません」

彼女は淡々としていた。どこか戦士の顔つきであったようにも見受けられる。

「おそらく何らかの方法で、英雄派は駒王町の結界を越えた、しかしそれに気づいている
のは現時点でおそらくは僕たちだけ。これは由々しき事態っす」

「でも、上層部に報告って……」

「もちろん、リルベット・D・リュネールがテロリストであったこと。そして駒王町に危険分子が現在潜伏中ということ。まとめて制裁を下してもらうしかないです」

テロリストだった者を特別扱いすることはできない、それは当たり前だと分かる。

「ひ、ひとまず、リアス先輩に相談してみるとか……」

「先輩方は昇格試験で手一杯かと。それに柳生会長からはオカ研に頼りすぎるなと忠告を受けてます。おそらく今のオカ研は僕たち以上の爆弾を抱えている可能性が高いです」

この急展開に対し、私は何とか活路を見いだそうとするが現実は甘くない。

「ソーナさんも今はゆっくりと相談できるような状況じゃないんだ。ベネムネ先生も世界情勢云々《うんぬん》って学校にいないし、もしかしたらその禍《カオス・ブリゲード》の団ってのが関係あったのかも」

アヴィ部長も今すぐ頼れる人はいないと瞼《まぶた》を落とす。

「なんにせよ、先輩方には身分も立場もある。リルちゃんのことだけ特別扱いしてもらうのは難しいかもしれない……」

彼女も人間界に身を置いているとはいえ、血筋は上級悪魔に位置する立場だ。

リアス先輩たちに求められる振る舞いを理解している。

「宮本さんがリルベット・D・リュネールを助けたい気持ちは理解できるっす。ただ相手はテロリスト。世界の敵です。最初に言った通り僕たちにできることは上に報告をして、状況が収まるまで静かに待っていることだけ——」

なんとかリルベットさんを助けられないか。

右往左往する私と違い、二人はとても現実的だ。

「それに宮本さんだって、もともとはドンパチしに学園に来たんじゃないですよね？」

戦いたくない、普通に生きたい、それは何度も主張したことだ。

「だったら、もう関わらない方がいいっす」

ここで静観を決めれば、何事もなくまた学園生活を送れるだろう。

しかし一度手を出してしまえば、平穏どころか自身の命を失う危険がある。

リルベットさんを助けに今を捨てるか、それとも諦めて彼女のいない青春を謳歌《おうか》するか。

「中学生にできることなんて、何もないっすよ」

シュベルトさんは私を、そして自分を諦めさせるようにそう言った。

「…………」

オカ剣の活動は一旦休止、部として今回のことは上に任せるという結論に至った。

私は部が休止した後、ひとりで旧武道棟を訪れていた。

ぐるりと部屋全体を見回す。

短くも楽しい日々を送ったこの場所を、最後に一目見ておきたかったのである。

「――行くんだね」

入口にはアヴィ部長が立っていて、私は振り返ることなく声だけで応える。

「行く、というのは？」

「リルちゃんを助けにだよ」

「…………」

「絶花ちゃんの性格を考えれば分かるって」

彼女はお見通しとばかりに告げた。

「止めますか？」

「部長としては止めなくちゃいけないね」

アヴィ部長は私の傍《そば》まで近づいてくる。

そして隣に並び、同じように旧武道棟を見渡した。

「もしかしたら殺されるかもしれない」

「はい」

「いくら神器《セイクリッド・ギア》を持っていても、二刀流がどれだけすごいものでも、英雄派の集団を一人で相手にはできないんじゃないかな」

「それでも、行かなくちゃいけないんです」

まだ話したいことが沢山ある。

それに、謝らなければいけないこともあるのだ。

「──たとえ、それが普通でない選択だとしても」

誰に止められても私は行く。本能は普通になることよりも彼女を追いかけている。

「覚悟は、できてるみたいだね」

アヴィ部長は握った拳を、私の胸に当てた。

「なら、あたしも行くよ」

「……と、止めるんじゃないんですか？」

「部長としてはね。ただのアヴィ・アモンなら話は別」

それって、つまり──

「最初に言ったじゃん、後輩を助けられず何が先輩だって」

季節外れの満開桜、アヴィ部長は得意げにウインクをする。

それから揃って旧武道棟を出ると、シュベルトさんが壁に背を預け待っていた。

「──二人ともバカっすよ」

こちらを見ず、どこか遠くを見ながらそんなことを言う。

「なんでわざわざ面倒事に首を突っ込むんすか」

彼女は深く溜息《ためいき》をついた。

「さっきも言ったっすよね。中学生にどうにかできることじゃないって」

言いたいことはよく分かる。だけど私の意志は変わらない。

その決意が伝わったのか、シュベルトさんはもう一度深く溜息をついた。

「僕は働くのが嫌いっす」

彼女は遠くを見た視線を動かさない。

「だから上手《うま》くサボって、いつも好きなことだけをやってます」

でも、と。

「その代わり大事な仕事だけはちゃんとこなす。それが僕の処世術っす」

要点さえ押さえれば後は好きにやる、要領のいい彼女らしい考えだ。

「そして今の僕にとって、大事な仕事は宮本さんの監視役です」

彼女は壁から背を離し、姿勢をこちらへと向ける。

「宮本さんがおかしなことをしないよう見張らなきゃいけません」

彼女はようやく私たちと視線を合わせた。

「リュネールさんの件に関わる気はないですけど、それでも宮本さんが盛大に何かしでかそうっていうのなら、今回ばかりはサボってもいられないっす」

彼女は眠そうな目を僅かに緩ませる。

「たまには仕事、しないといけないっすから」

「シュベルトさん……」

「あくまで監視。ただ途中で誰かに邪魔されたら戦うしかないっすけどね」

それでも一緒にいてくれるだけ、こんなに心強いことはない。

「あはは。オカルト剣究部、揃《そろ》っちゃったね」

アヴィ部長がおかしそうに笑う。

「で、リルちゃんの居場所は誰か知ってる？」

「僕は知らないです。宮本さんに心当たりは？」

「私も何も。とりあえず町中をしらみつぶしに走り回ろうかと」

かつて、リルベットさんがそうしてくれたようにだ。

「「無茶苦茶な……」」

呆《あき》れたように、しかしどこか楽しそうに二人は言う。

三人の意志は固まる。残る問題はリルベットさんが今どこにいるかということで……。

「――町の外れにある古びた教会、そこに彼女はいます」

いきなり声がした。

三人揃って目線を向けると、そこには漆黒の女性が立っていた。

ハイライトのない瞳は、まるで深淵《しんえん》に覗《のぞ》かれているようである。

「ごきげんよう、オカルト剣究部の皆様」

「柳生《やぎゅう》、会長……」

シュベルトさんがごくりと息を呑《の》む。

彼女の浮かべる絶え間ない微笑は、妖艶《ようえん》さと恐ろしさを兼ね備えている。

「つい今し方、そちらの部員が、武装集団と接触したと報告が入りました」

生徒会長の言葉には熱さも冷たさも感じない。

「今宵《こよい》が勝負の時、早急に対処しなければ明くる日に支障が出ます」

どこか古風な口調で会長から語られること、それが真実か嘘《うそ》なのか量れない。

本心は読めないが、しかし今ここでデタラメを言っても仕方ないはずだ。

「どうして、教えてくれるの？」

アヴィ部長が警戒した面持ちで尋ねる。

「オカルト剣究部の問題を、当事者たる皆様に教えるのは変かしら？」

その言い分に不審点はない。しかし彼女の目的は本当にそれだけなのだろうか？

「――わたくしは、幼少より将棋を嗜《たしな》んでおります」

私の疑問を見透かしたかのように、会長は唐突にそんな話をする。

「悪魔がチェスを、天使がトランプを、武士が将棋を愛するのもまた摂理」

「何が、言いたいの？」

「将棋にはこんな諺《ことわざ》があります」

アヴィ部長の直接の問いかけなど気にもせず会長は続ける。

「歩のない将棋は負け将棋、至言ですね」

暗黒の両眼が、楽しげに私たちのことを見つめた。

「つまり、こんな序盤で大事な生徒を失うわけにはいかないということです」

それに、と続ける。

「学外での不祥事、これまでなら生徒会が解決しますが、当分はそうもいきません」

どういうことだ？　手出しができないことに何か理由が？

「三大勢力から要請があり、わたくしはこの学園の守護を暫《しばら》く任されております」

リアス先輩やソーナ会長が不在がちだという現在だ。

中等部の警戒に当たるのは、柳生会長ということになっているらしい。

「有事の際は、西の五大宗家と同じく、わたくしたち東の八将武家も協力してお役目を果たさなくてはなりません」

柳生会長は簡潔に説くと、それからアヴィ部長の傍へと近づいた。

「そちらの顧問より預かり物があります。急時上手く使用せよとの伝言です」

「先生から？　これは……鍵？」

これが時間のない現状を打開できるアイテムらしい。

さすがはベネムネ先生、きっと目的地に転移ができる道具とかだろう。

「俗手の好手、あなた方らしく行くことです」

彼女は私たちに、リルベットさんのいる場所へ早く向かえと言った。

「二天一流」

しかし去り際、会長はおもむろに私だけを呼び止めた。

「二つ目の刀を、早く見つけなさい」

彼女は一番の黒笑を浮かべて告げる。

「――あなたの宿敵である剣豪は、もうそこまで迫っていますよ」

Life.4　決戦！　オカルト剣究部！

すでに空は暗く、街灯の光が道を照らす時間となっている。

私たちは目的地である、町外れにある教会に向かっていた。

「ぜーはーぜーはー！」

リルベットさんに会うべく、気合いを込めてペダルを漕《こ》ぐ。

「わ、私たちらしくって、なんで自転車……！」

先生から会長経由で渡された鍵、それは転移を可能にする道具などではなかった。

指示を受けた場所に行くと、そこにあったのは何の変哲もない自転車で――

「なんでもオカ研の人のらしいから、きっとすごい力があるママチャリなんだよ！」

「どう考えても……ただの……自転車ですけどっ……！」

後ろに乗ったアヴィ部長に、呼吸の切れ間でツッコミを入れる。

「前方に筋肉隆々の魔女っ子が出現っす！　そこを右に曲がってください！」

「この町は、本当に、普通じゃない……！」

魔法により僅かに浮遊するシュベルトさんが指示を飛ばす。

自転車は二人乗りが限界とのことで、彼女だけは魔法を使って移動していた。

「ご先祖様とは違う、私は、遅刻をしない女――！」

どんな障害も関係ない、完璧なドリフトを決めて交差点を曲がってみせる。

どうせなら三人とも魔法で移動できたら楽なのだが、シュベルトさんは少しでも力を温存したいとか……私の体力だって無尽蔵じゃないんですよ！

「天ちゃんに聞いたよ！　いつか二刀乳剣豪《にとうにゅうけんごう》になるんでしょ⁉」

全力で漕ぎ続ける私に、部長が鼓舞するべくそんなことを言う。

「二刀乳剣豪《にとうにゅうけんごう》に私はならない……ぜーはー……！」

おっぱいへの対抗心が力を漲《みなぎ》らせ、ペダルの回転数が更に上がっていく。

「あっはっは！　さすが絶花ちゃん！　すごいスピードだよ！」

「魔法でも追いつくのがやっととか、どんな脚力してるんすかっ！」

まさに自転車が火を噴いたと言うべきか、私たちは目的地まですぐに辿《たど》り着く。

「――会長から聞いた教会は、この森の中心に位置してるみたいっす」

目前には黒く生い茂った木々があり、携帯で地図を見ていたシュベルトさんが言う。

「リルベットさんがこの先に……」

部長から渡されたマジカル☆スウェットを飲み干し、道に駐《と》めた自転車を撫《な》でる。

ありがとう、誰のものかは知らないけれど、お陰でこんなに早く到着できました。

「よし！　じゃあ気合い入れて行こうか！」

「え、作戦会議とかしなくていいんすか？」

「……ふふふ、シュベルトさん、私たちらしく真っ直《ます》ぐに行きましょう」

「宮本さんのスマイルこわっ！　もしかして死ぬ気でチャリ漕がせたの怒ってます⁉」

怒ってない、最短とはいえ超困難なルートを行かされたことなんて怒ってないとも。

「逃げも隠れもしない！　それでも何とかするのがオカ剣だよ！」

アヴィ部長の号令の下、私たちは森の中へと駆け込んだ。


「――あれ、もう見つかった⁉」

「――当然っす！　逃げも隠れもしてないんですから！」

教会を目指してすぐ、私たちの前に英雄派と思われる一団が姿を現した。

行く手を阻《はば》むように待ち構える彼らに、思わずこちらも足を止めざるをえない。

「……まったく、皆さんと一緒にいると退屈しないっすね」

シュベルトさんがやれやれと一歩前に出る。

「僕の専門は支援系の魔法で、戦闘は苦手なんすけど――」

彼女の身体《からだ》が白く輝き、戦乙女のものらしい鎧《よろい》が装着される。

「お仕事となれば、やらせてもらいます」

シュベルトさんが詠唱すると、彼女の背後に巨大な魔方陣が四つ展開される。

その中からは、それぞれ一本ずつ巨大な剣が現れた。

「さてと、北欧式魔法剣術の初披露っすかね」

ここは自分に任せて先に行けと、私たちに目線を送る。

「普段の仕事だけでもメンドーなのに、残業なんて最悪ですけど」

四本の大剣がそれぞれ意思あるように動き、彼女を中心として回り始める。

「リュネールさんに会ったら伝えてください、今度フランス産ジュースでも奢《おご》れって」

超高級品のものでお願いするっすよと彼女は付け加える。

「分かりました！　伝えておきます！」

「ワルキューレの気合い、信じてるよ！」

私とアヴィ部長は、シュベルトさんの背を叩《たた》いて先に進む。

「気合いはないです。それに僕はただのワルキューレじゃないっすよ」

残された彼女は、英雄派の一団に向かって眠り目を開いて言う。

「僕はシュベルトライテ」

四本の剣を携えて、戦乙女は戦場へと赴く。

「人呼んでギャルキューレ、ゆるくふわふわと戦わせてもらいます――！」

シュベルトさんが英雄派の一団を引きつけている間。私たちは更に歩みを進めていた。

しかし相手もどうやら一枚岩ではなく、私の前には新たな敵軍が立ち塞がる。

なんと目の前には、黒い羽と尾を持つ者たちがいた。

「悪魔……？」

「英雄派だけじゃない……？」

英雄派と悪魔にどんな繋《つな》がりがあるのか。何であれ彼らを倒さなければ先に進めない。

「――ここはあたしの出番だね！」

アヴィ部長が一歩前を行く。

「でも部長」

「やっぱり大将は絶花ちゃんが張らないと！」

彼女はスカートを半ばめくるようにして、太股《ふともも》に仕込んでいたナイフを取り出す。

「それに、あたしは冥界で下克上しようって悪魔なんだ」

ならばなおのこと、悪魔の相手は自分が務めなくてはいけないと言う。

「この数が相手でも、後輩の道くらいは作ってみせないと」

アヴィ部長は悪魔の羽も尻尾も出さない。

だけど彼女の目は燃えている。太陽どころではなく地獄の炎すら超えるほどに。

「だからリルちゃんのこと、任せたよ！」

そこまで言われて後に退く自分ではない。

「……はい！」

私は部長を一瞥《いちべつ》すると、そのまま真っ直ぐに突き進む。

もちろん悪魔たちはそれを阻まんと迫ってくるが——

「させないよ！」

部長がそれを強引に切り開いてみせる。

「あたしはアヴィ・アモン！」

残された彼女は、森中に響くぐらい高らかに叫ぶ。

「好きな言葉は元気と根気とやる気！　正々堂々と勝負しよう——！」

そうして皆のお陰で、教会が見える位置にまでやって来られた。

森が拓《ひら》けた場所に、会長が言った通り、半ば壊れかけの教会がそこに建っていた。

「――宮本絶花だな」

最後に立ち塞がったのは一人の悪魔だった。

「私は旧魔王派が一人、メビウス・フルーレティだ」

魔力からして、おそらく先の悪魔たちの中でも格上だろう男と対峙《たいじ》する。

「リルベットさんは？」

「この先の教会の中にいる。史文恭と何やら話があるそうだ」

「そこを退いてはくれませんか？」

「無理だな。龍神も行方が知れず。いま史文恭を倒されては『蛇』が手に入らない」

男はおもむろに右手をかざすと、強大な魔力の塊を私へ打ち出す。

「――っ！」

すかさず腰に差していた得物を抜く。

左手に握ったその剣を縦一閃《いっせん》に走らせ、刹那に魔力弾を切り裂いてしまう。

「それは魔剣か……貴様は神器《セイクリッド・ギア》使いだと聞いたのだが……」

これは今回の戦いのため、部室から無断拝借してきた剣である。

「やはり宮本の血――貴様の先祖と同じ、あらゆる刀剣に適合する才能か」

彼は唸《うな》るように言うが、剣は人が使うもの、人である私が使えない剣など存在しない。

「あの大帝《オンナ》が言う通り貴様は危険だ。ここで早めに芽を摘んでおく必要がある」

悪魔は指を鳴らすと、私を取り囲むように魔方陣が展開される。

そこからは人――否、人の形をした何かが召喚された。

「これは……」

彼らは一つ目をした怪人だった。

身長はおよそ二メートル、隆々とした体軀《たいく》を持ち、濁った青い肌をしている。

なんて禍々《まがまが》しいオーラだろう、おおよそ真っ当な生物とは言えない。

「上位神滅具《ロンギヌス》が一つ『魔獣創造《アナイアレイション・メーカー》』によって作られた魔獣だ」

彼はそれらが人型の魔獣であると説明する。

「もともとは次の対悪魔戦を想定して作られた試作品。それを対人戦特化へと調整した」

対悪魔戦？　悪魔なのに悪魔と戦争をしようとでも言うのか？

「いくら英雄の子孫と言えど、人間一人を倒すには十分な戦力だろう」

この人型魔獣が強いのは理解できる。

だが手駒を召喚したということは、自分が戦いたくないということ。

つまり、私と正面から勝負することを避けているのだ。

「なら、勝機はある」

この悪魔を太刀の間合いに引きずりこむ。そのためには彼の力が必要だ。

「行くよ、天聖《てんせい》――！」

私の呼びかけに応じ、おっぱいが輝いた。


―○●○―


人型魔獣との戦いは壮絶を極めた。

意思を感じない彼らは、恐れも不安もなく飛びかかってくる。

「っ――！」

右手に神器《セイクリッド・ギア》の天聖を、左手に魔剣を、私は二刀流を完全解禁した。

「天聖、もっと出力上げて！」

『無茶を言う』

人型魔獣の拳を避けると、すかさず膝を相手の腹に叩き込む。

悶《もだ》えているのか動きが止まったところを、二刀でもって首をはねる。

『力を抑えろ。左手の刀がお前に耐えきれない』

「そんな余裕、ないよっ」

想像以上に人型魔獣は手強《てごわ》い。さすがは神滅具《ロンギヌス》とやらで作られた存在だけある。

『分かっていたはずだ。鈍《なまくら》とは言わずともその程度の魔剣では不足だと』

私にふさわしい刀、私の力に耐えられるだけの武器が必要だと切に思う。

やはり場当たりな剣で全力は出せない。天聖からも燻《くすぶ》っている感じが伝わってくる。

『せめてこの人形どもにおっぱいがあればな』

「おっぱいがないと、力が奪えないの、なんとかしてよっ」

『無理だ』

「大胸筋でも、いいと、思うけど！」

『ふざけるな。誰が男のおっぱいなど斬るか』

天聖の弱点、それはおっぱいのない者から生命力は奪えないことだ。

『気をつけろ。左右後方から高エネルギー反応だ』

ひたすら迫り来る魔獣を近接戦で倒していたところ、天聖から警告を受ける。

「飛び道具まで……！」

魔獣は一つ目から光線のようなものを速射した。

「魔剣、なんとか耐えてよ……！」

這《は》いつくばるように地面に伏せ回避、それから両手に闘気を更に回す。

空を切るように両刀を振るうと、斬撃波が生まれ遠方の敵を両断した。

これで敵はあらかた——

「安心するのは早いぞ、二刀流」

私の制空圏から完全に距離を取っているメビウス・フルーレティ。

邪悪な嗤《わら》いを浮かべながら、再度こちらに対して右手をかざす。

すると最初とは比べる余地もないほど、圧倒的な魔力攻撃が放たれた。

「避けられ、ない……っ！」

もろに刀で受け止めてしまう。

踏ん張った両足が地面にめり込み、数メートル後方まで押されてしまう。

「これ、ぐらい……！」

私は魔力攻撃を強引に切り裂いてしまう。

「今度は私が近づいて——」

『絶花、残念だが』

「なに？　ダメージはないよ？」

『どうやらここまでのようだ』

これからあの悪魔を討とうというのに、相棒の天聖が何を弱気になっているんだ。

しかし彼が諦めたのは、勝負ではなく私の左手に握られた魔剣のことであった。

私がまだ戦えると意気込んだ途端、刀身がバラバラに砕けてしまったのである。

『あの魔剣は十分にお前に耐えた、しかし限界だ』

私は、二刀流ではなくなった。

今や右手にある天聖のみが己の武器である。

「刀が一本しかなくたって……」

私は両手で天聖を握り直す。

「男の人からは力を奪えなくたって……」

現実を見れば、自分が窮地であることは理解している。

二刀流でないこと、能力が使えないこと、けどそれが何だ。

「——魔獣を倒したのは見事。しかしそれなりに疲労したようだ。ならば決着としよう」

彼の背後にいくつもの魔方陣が展開され、そこから強大な魔力攻撃が放たれる。

(私は、勝たなくちゃいけない、そしてリルベットさんの下に行かなきゃいけない)

私は頭をフル回転させた。本当にここまでなのか、何か策は、何か方法は——

『絶花！　避けろ！』

珍しく天聖が焦《あせ》った声を出した時、私はようやくその存在に気づく。

視線を空へ向けると、燦《きら》めく星々の中に一点だけ赤い光がある。

『来るぞ！』

視界が、真っ赤な光に染まる。

私は反射的に大回避を取るが、それが攻撃であると悟った時に事は終わっていた。

──自分の周りに、何もなかったのだ。

木々も、大地も、敵の魔力攻撃も、今の一撃だけで全てが消し去られてしまっている。

「馬鹿な！」

驚いたのはあの悪魔も同じ、目の前で起きた事件、いや天災に声を荒らげる。

『天龍か……！』

天聖が唸るように声を漏らす。

もしかして、神滅具《ロンギヌス》の一つだっていう、あの赤龍帝《せきりゅうてい》の力なのか？

「──龍牙の僧侶《ウェルシュ・ブラスター・ビショップ》、さすがの破壊力だ」

一面まっさらになったフィールドに、天上より新たな来訪者が現れる。

彼女は派手に着地すると、私の隣に来て肩へと手を置いた。

「よく頑張った」

「ゼノヴィア、先輩……？」

「ああ。私が来た」

いったいどうして。

そんな疑問をぶつける間もなく、彼女は距離を取っていた悪魔へと目を向ける。

「本来なら中学生のイザコザに、高校生である自分が手を出すのは野暮だ」

しかし、と男と対峙する。

「英雄派だけでなく、あの旧魔王派が絡《から》んでいるというのなら話は別だろう」

どうやら因縁がある相手らしい。彼女の視線は一点に彼へ注がれていた。

「貴様だな。私の後輩にちょっかいをかけたのは」

「偽りの魔王、その妹の眷属《けんぞく》か」

男は心底嫌そうに眉を顰《ひそ》めた。

「まさか赤龍帝と共に乗り込んでくるとは――」

「彼はいない。今の一撃はただの挨拶だよ」

挨拶、あれが？

「ふふ、開幕の一発は重要だからね」

あの規格外攻撃では、開幕の一発でそのまま閉幕になってしまう気がする。

「なにせ昇格試験の準備で忙しい身だ。この後のことは私一人で事足りる相手だろう」

「なんだと……？」

「聞こえなかったか？　お前程度なら私一人で十分だと言ったんだ」

その言葉に男の怒りが頂点を迎える。彼の目にはゼノヴィア先輩しか映っていない。

「ここは私に任せろ」

ゼノヴィア先輩は己の剣を召喚する。

幾重もの鎖が駆け巡り、彼女の相棒エクス・デュランダルがその姿を現した。

それは聖剣デュランダルと聖剣エクスカリバーが合体した武装であり、おそらくかの最上大業物にも引けを取らないだろう。先輩はそれを握って――

「持って行け」

しかし構えることはなく、そのままエクス・デュランダルを私に差し出した。

「絶花なら上手く使えるはずだ」

「え、でも……」

「二刀流なのだから、もう一本の刀は必要だろう？」

これならキミの力にも耐えられるはずだ、彼女の眼はそう語っていた。

確かに伝説の聖剣であれば、私も全力を出すことができるだろう。

「心配するな。代わりにアスカロンを借りてきたんだ」

彼女はにやりと口角を上げると、見慣れぬ大剣を魔方陣から召喚する。

『龍殺《ドラゴンスレイヤー》しの剣か……』

天聖が感じ入るように呟いた。

自分の武器はこれで十分、相棒である聖剣は私に預けるという。

ゼノヴィア先輩がそう言った時、教会からすさまじいオーラが発せられた。

中で一体なにが起こっているのか。リルベットさんの下に急がなくてはいけない。

「急げ、もう時間は――」

「エクス・デュランダル、お借りします！」

迷っている暇はない、私はそれを受け取った。

そして握った瞬間、エクス・デュランダルの意思と能力のことが流れ込んでくる。

(エクスカリバーは六つの能力――破壊、擬態、天閃、夢幻、透明、祝福――を持つ)

対してデュランダルは、よほどゼノヴィア先輩のことがお気に入りなのか、エクスカリバーほどその内を見せてはくれない。

(うん、分かってるよ、自分の相棒はあくまで先輩なんだよね)

分は弁えていると念じると、デュランダルは大雑把に自身の使い方を教えてくれた。

「ありがとうございます先輩。この子たちは力を貸してくれるそうです」

「さすが私の直後輩だ。なら疾《と》く行け。キミの仲間が待っているぞ」

「はいっ！」

託されたものを無駄にはしない。私はリルベットさんの所へ一目散に向かう。

そんな私の背を押すように、ゼノヴィア先輩は最後に檄を飛ばした。

「新たなる聖剣の使い手、宮本絶花に主の導きがあらんことを！」


―○●○―


ついに教会に辿《たど》り着く。

この中に、英雄派を束ねる史文恭と、リルベットさんがいるのだ。

古く壊れかけの聖堂には、穴から月明かりが差し込んでいた。

「――――」

私は言葉を失った。そこには予想もしない光景が広がっていたからである。

史文恭と呼ばれた英雄派のリーダーは既に倒れていたのだ。

代わりに立っているのは、青い髪留めが外れ、黄金の髪をなびかせた一人の騎士。

「リルベットさん……？」

彼女が史文恭を倒したのは明らかだった。

「絶花、ですか」

眼帯が外れて黄金の瞳が見える。彼女は息も絶え絶えに述べた。

「敵将は、討ち取りました」

視線がどこかおぼつかない様子で、そこで起きたことを伝えようとしてくれる。

「史文恭は、既にあなたの神器《セイクリッド・ギア》によって力を失っていた、だから町の結界でも捉えられなかった、そして内側から外部にいる仲間を手引きし、天聖《てんせい》を奪う計画を立て――」

ただただ説明を繰り返す、今にも倒れてしまいそうなくらいふらついて。

「しかし無限の龍神《オーフィス》、の、『蛇』を隠し持っているとは、思わなかった」

史文恭は奪われた力の代わりとして、何度か聞く『蛇』とやらを用意していたという。

「だから、わたしも、邪龍《じゃりゅう》の力を使わざるをえなかった」

彼女の奥から煮えるような力が湧いていることが、傍にいると一層よく分かる。

「間もなく、わたしは、わたしでなくなる」

彼女は私を見て告げた。

「――逃げて、ください」

途端、彼女の全身が青黒いオーラに包み込まれた。

その奔流は止《とど》まることなく広がり、教会内部を埋め尽くすほどに至る。

『邪龍の呪いに呑《の》まれたな』

向けられる邪悪に耐えながら、天聖がリルベットさんを見て告げる。

いつしか彼女の背後には、邪龍の影さえもクッキリと視認できるようになった。

『……龍王クラスのオーラ、そしてこの気配、ヤツはとっくに滅んだはずなのだが』

明言はしないものの、邪龍の正体に天聖は心当たりがあるらしい。

『彼女の自我はもうない』

天聖は淡々と事実を紡《つむ》ぐ。

『心しろ、目の前にいるのは邪龍そのものだ』

私が戦えるように、戦うしかないように、あえて優しい言葉をかけないのだ。

『殺さなければ殺される。今のお前のステージでは力を奪うのも困難だ。元の状態に戻そうなどという甘いことは考えるな』

臆病だった私は、それに甘えて、いつも戦場に立つ理由としていたのである。

天聖がそう言ったからしぶしぶ戦う。

自分のことばかり考えて、戦う相手のことなんて眼中になかった。

負かした敵のことなんて、覚えるつもりなど端《はな》からなかったのである。

いつも、中途半端《ちゅうとはんぱ》な気持ちで戦場に立っていたのだ。

「──目の前にいるのは、リルベットさんだよ」

だけど、それではダメなんだ。

私はもう、彼女のことを忘れるわけにはいかない。

『何を言ってる？』

「彼女は邪龍じゃないって言ったんだよ」

天聖の言葉を明確に否定する。

「私が戦う相手は、リルベット・D・リュネールだ」

ずっと、自分のためだけの剣だった。

でもリルベットさんと、皆とすごした日々を思い出せば新たな道が見えてくる。

私たちは、共に学び、共に戦い、共に逃げ、共に笑った仲だ。

「皆が助けてくれた、皆がいなければ、ここまで来ることもできなかった」

私はようやく気づく、誰かのために剣を振るうことの意味を。

「ありがとう天聖、今までこんなダメな私を奮い立たせてくれて」

『絶花……』

「もう大丈夫。だって私はもうひとりじゃないから」

右手にある刀へ、優しく強く声を掛ける。

「この決闘は、私の意志でやらなくちゃいけない」

これは宿命だ。

こうなることは、出会ったあの日に決まっていたことなんだ。

「邪龍となんて戦ったことない、ぶつけられるオーラもとてつもないけど」

普通の人だったら、戦うことはおろか逃げることもできないかもしれない。

でも彼女の目の前にいるのは、誰であろうこの私なのだ。

「──今、理解したよ。私の剣はこの瞬間のためにあったんだ」

辛《つら》く厳しい修行は無駄じゃなかった。神器《セイクリッド・ギア》に悩み涙を流したのは無駄じゃなかった。

孤独に剣を振り続けた毎日は、すべて今日この日のためにあったのである。

「普通じゃなくてよかった。こうしてリルベットさんと真っ向からぶつかれるんだから」

あなたと約束をした、いつか必ず決闘をすると。

ならば今こそ、それを果たそう。

殺すつもりなんてない、救うなんて大袈裟《おおげさ》なことを言うつもりもない。

あくまで対等、これはどこにでもある、女の子同士のぶつかり合いだ。

「私にとって人生最初の大戦《ケンカ》、付き合ってくれるよね？」

相棒である天聖を構えてニヤリと笑う。

『……子孫に託す……武蔵《むさし》の選択は正しかったな……』

天聖は寂しそうに、されど嬉《うれ》しそうに独り呟いて。

『応ともだ！　宮本絶花の大戦！　オレが斬らずに誰が斬る！』

私の想《おも》いに相棒が頷《うなず》いてくれる。

『刮目《かつもく》しろ悪《あ》しき龍よ！　これが二天一流の本懐なり！』

人はひとりでは変われない。

今まで私に出会ってくれた人々に、なんとこの気持ちを伝えたらいいのか。

私は口下手で、不器用で、目つきが悪い、きっと言葉だけでは上手く伝えられない。

だから――

「感謝を、尊敬を、挑戦を、すべての想いをこの剣に！」

私はリルベットさんに向かって高らかに名乗った。

「宮本絶花、一四歳――推して参る！」

―○●○―

すさまじい爆発音が響いた。

壊れかけの教会が完全に崩れ、瓦礫《がれき》の間から私たちは宙へと飛び出す。

戦場は屋内から屋外へと移行し、互いの大技が一層飛び交うようになる。

「『大地を灼け、邪龍の蒼炎《ダークブレス・モードゼロ》』」

リルベットさんが機械的に剣を振るうと、極大の炎が放たれ一面を覆いつくす。

ここで上に逃げれば格好の的、ただ炎を一部斬っても視界が潰されていては後手に回る。

「擬態の聖剣《エクスカリバー・ミミック》！」

ならばと、エクスカリバーに備わった六つの能力の一つ『擬態』を発動。

これは剣の形を自在に変化させることができる。

私はエクス・デュランダルの刀身、その長さを百倍近くまで延長させた。

「元気っ、根気っ、やる気っ――！」

果たして重量がいくつになるのか。気合いで超巨大聖剣を横殴りに振るう。

自分でも今まで聞いたことのないような轟音が鳴り渡った。それは左端から右端まで、炎だけでなく目に見えるもの全てを粉砕していき――そして一点で止まる。

「『……ッッ！』」

なんとリルベットさんはこの一撃を剣で受け止めたのだ。

ビルを叩き付けられたに等しい衝撃のはず、やはり邪龍の力は常軌を逸するらしい。

「『……負け、る、か！』」

私と同じように、彼女もまた逃げることを選択しなかった。

強引に聖剣を弾くと、エクス・デュランダルの刀身を足場にして距離を詰めてくる。

すぐさま『擬態』を解除するが、既に彼女は目前へと迫っていた。

（――接近戦！　望むところ！）

刃と刃が勢いよくぶつかる。お互い後退する気は一切なくひたすら前のめり。

私たちは鼻先が触れ合う寸前にまで顔を突き合わせる。

「『宮本、絶花――！』」

「リルベットさん――！」

目線は絶対に逸らさない。火花が眼に入ろうとも閉じずに見つめ合う。

「『わたし、が、勝つ！』」

「ううん、私が勝つよ！」

それから大地を縦横無尽に駆けながら、斬った斬られたを永遠と繰り返す。

それがどれだけ熾烈なものであっても、私たちは気持ちをますます昂ぶらせていく。

『絶花！　足下だ！』

天聖が突然そう言うと、すぐさま地中から槍――いやドラゴンの尻尾が飛び出してくる。

邪龍化した彼女は、いつしか尾を生やし、剣戟の最中に地面へ潜り込ませていたのだ。

「この……！」

下からの攻撃を紙一重で躱し、天聖ですかさず反撃、彼女は外へと激しく転がっていく。

今までの一番の手応えを得る――がしかし、おっぱいまでは斬れなかった。

『先も言ったが、今の絶花では斬ったところで奪えはしない』

現在の私のステージでは邪龍にまで届かない、天聖は忘れるなと念押ししてくる。

『それから接近戦は構わないが、周囲へ意識を配ることを怠るなよ』

言われた通り注意散漫だった。しかし彼はそんな私の反省を見て苦笑する。

『楽しくて夢中になってしまう、その気持ちはよく分かるがな』

「え、楽しい……？」

言われて気づく、いつしか私は自然と笑みを浮かべていたのだ。

『初めての完全二刀流、初めての対等な相手、これが楽しくないわけないだろう？』

天聖が愉快そうに告げる。彼もまたこの戦いに興じているのだ。

「……ゼノヴィア先輩には、本当に感謝しないといけないね」

彼女と戦うための力をくれたこと、そして私が全力で戦えるための力をくれたことに。

『だが勝負に永遠はない。そろそろ決着の時のようだぞ――』

天聖の言葉に頷きつつ前を向く。

そこには態勢を立て直し、新たにドラゴンが持つような翼を生やした少女がいた。

「『まだ、だ』」

彼女は手負いとなり劣勢になったと悟ると、両翼を広げ夜空へと浮かび上がった。

「『――眷属よ』」

上空から見下ろすようにそう唱えると、私を囲むように無数の魔方陣が展開される。

そこから出現するのは、小型から中型ドラゴンの大群であった。

「『狩れ』」

リルベットさんの命令に従い、ドラゴンたちの目つきが捕食者のものに変わる。

『ヤツは龍王クラス。当然ながら数多のドラゴンを眷属として従えている』

天聖から補足が入るが、見た通り手下まで呼んで勝負をかけてきたらしい。

しかし卑怯とは言わない。絶対に負けたくないという気持ちはお互い様だ。

「だとしても、私はどこに行っても敵に囲まれてばかりだね……」

いつも四方八方を敵に囲まれ、絶体絶命の状況にいる。

だけどこれを乗り越えなければ、リルベットさんと決着をつけられないのなら――

「行くよ！　天聖！　エクス・デュランダル！」

私は迷うことなくドラゴン群の中に飛び込むと、容赦なく大軍勢を切り裂いていく。

『これが全員おっぱい美少女であればな！』

意気込んだところで、多勢に無勢であることは変わりない。

いくら手数を重ねても、次第に傷は負っていくし、ドラゴンの数は一向に減らないのだ。

形勢は徐々に逆転し始め、ジリジリと追い込まれていく感覚がある。

『これだけ敵がいておっぱいがないとは！　現実は非情だ！』

天聖がぼやくように大きく嘆く。私としても彼の能力が使えればと切に思う。

そう、おっぱい、相手におっぱいさえあれば――

「エクス・デュランダル？」

すると聖剣の柄が熱くなる。

私と天聖の想いを汲み取り、自分の能力を使えと主張しているのだ。

「そうか、その手が……！」

聖剣の導きに従い、私はこの状況を打開する術《すべ》へと至る。

「というか、これしかない……！」

エクス・デュランダルを天へとかざし唱えた。

「夢幻の聖剣《エクスカリバー・ナイトメア》！　祝福の聖剣《エクスカリバー・ブレッシング》！」

『夢幻』の能力を『祝福』の能力でもって底上げする。

エクス・デュランダルの刀身から、強大なる薄紫の光が発せられた。

夢幻の聖剣《エクスカリバー・ナイトメア》、その能力は読んで字の如《ごと》くだ。

幻術を掛ける相手は、ドラゴンどもと、そして私たち自身である。

「私は、爆乳美少女に囲まれている！」

瞬間、あれほど恐ろしい形相だったドラゴンたちが、たちまち美少女へと姿を変える。

私は絶体絶命から一変、ハーレム状態になったのだ。

もちろんその姿がどれだけ可愛《かわい》くとも、実際はドラゴンであると頭では理解している。

『お、おっぱい……！』

しかしここに熱中する存在が一つ、それは天聖《てんせい》である。

突然現れた無数のおっぱいにブルブルと震えた。

「これなら、敵の力も奪えるでしょ！」

『もちろんだ！』

私は二つの刀を構える。後はこの敵を倒しながらリルベットさんの下へ進むだけだ。

「天閃の聖剣《エクスカリバー・ラピッドリィ》！」

重ねて聖剣の『天閃《てんせん》』能力を使用、私の動きが更に加速する。

電光石火、疾風迅雷、瞬《また》く間《ま》に敵のおっぱいを切り裂いていく。

『Dual《デュアル》!!!』

一人倒すと神器《セイクリッド・ギア》から掛け声が響く。

『Dual《デュアル》!!!』

また一人、また一人と倒す度に天聖の声が重なる。

『Dual《デュアル》!!!』

そうだ、私に、私にもっとおっぱいを！

『DualDualDualDualDualDualDualDualDualDualDualDualDualDualDualDualDual《デュアルデュアルデュアルデュアルデュアルデュアルデュアルデュアルデュアルデュアルデュアルデュアルデュアルデュアルデュアルデュアルデュアル》DualDualDual《デュアルデュアルデュアル》!!!』

美少女のおっぱいを斬る度、私のおっぱいは輝き、その大きさを増していく。

自らの力を強化しながらも、リルベットさんへの道ができあがっていくのだ。

『RANKUP《ランクアップ》<E>!!!!』

すると突然聞き慣れぬ掛け声がした。

ランクアップの意味は、身をもって知ることになる。

「ふ、服が……！」

私の制服が耐えきれずにはじけ飛ぶ、ついでにサラシも端々から切れていく。

「これ、まさか、バストサイズが……！」

『その通り、莫大《ばくだい》な乳気《にゅうエナジー》の蓄積により、絶花のおっぱいが一段階上昇したのだ』

私はどうやらEカップになってしまったらしい。どうりで窮屈なわけだ。

『これにより一つ先のステージが解放される』

おっぱいが大きくなったこと、きっと後悔するのだと思う。

でも、この際なんでもいい。

こっちもいい加減に、沢山のおっぱいを斬ってうんざりしてるんだから！

『ならば唱えろ、そして勝利するのだ』

意識を通して天聖から、それがどんなものか伝わってくる。

「『失楽園の双刀《エデンズ・デュアル》』！」

私は迷うことなく二刀を構え叫んだ。

「限定禁手化《リミテッド・バランスブレイク》――！」

―○●○―

私を中心に紅《あか》い花が咲き乱れる。

乳気《にゅうエナジー》が花びらとなって舞い、身体《からだ》も剣もあの人と同じ色に染まっていく。

『禁手《バランス・ブレイカー》とは、神器《セイクリッド・ギア》の力を高めた先にある一つの到達点だ』

もたらされる力は世界の均衡をも揺るがしかねず、故に禁じられた外法とされるらしい。

『そして神器《セイクリッド・ギア》とは所有者の想《おも》いで形や能力を変えるもの。紅髪の女人との出会いがお前を変えたのか、それとも彼女の超進化おっぱいを一度取り込んでしまったからか。どちらにせよ彼女の存在が、お前に多大な影響を与えていることは間違いない』

だからリアス先輩と同じ紅なのか。身体の奥底から力が溢《あふ》れて止まらない。

『本来の禁手化《バランス・ブレイク》に至れば、双刀の固有能力である『結界』を展開できる。同時に大禁忌の『覇剣』も使用可能だが、終聖《しゅうせい》のいない現状では基本能力の底上げで精一杯だ』

精一杯に戦えれば、それだけで十分だよ。

『十秒以内に決めろ。今のお前であれば神が相手でも戦うことができる』

限定というだけありタイムリミット付きだ。

ならば遊んでいる暇はない。紅花を振りまきながら両手に力を回す。

「破壊の聖剣《エクスカリバー・デストラクション》！」

聖剣に備わる『破壊』能力を発動し、エクス・デュランダルを地面に叩き付けた。

地響きを立てながら一帯の足場が割れ、すさまじい土埃《つちぼこり》が辺りに立ちこめる。

「透明の聖剣《エクスカリバー・トランスペアレンシー》!」

すかさず『透明』の能力を展開、私の姿は砂と混じり完全に消える。

しかし相手はドラゴン、透明化しても野生の勘で気づかれてしまうかもしれない。

「一瞬でも惑わせられればいい――!」

重ねて高速化の能力として、『天閃』を全身へと駆け巡らせる。

目標は、空高くにいるリルベット・D・リュネールただ一人。

閃光の如く飛び出す私、思惑通りドラゴンたちはすぐに反応をすることができない。

「『っ!』」

驚きを露わにするリルベットさん、なにせ突然目の前に私が現れたのだ。

これが千載一遇のチャンス、ここまではエクスカリバーの力を全て駆使したが、私は最後まで秘めておいた力――それすなわち『暴君』たる聖剣をついに解き放つ。

「吠えろ! デュランダル――ッ!」

ゼノヴィア先輩が言っていた。剣士に難しい理由も理屈もいらないのだと。

ただ力一杯に、思うがままに、この聖剣を相手へとぶつけるのだ。

「『ぜ、絶花、わたし、は、』」

リルベットさんは何とかレイピアで受けようとしたが、しかしデュランダルの猛威をしのぐことはできず、剣は大きく弾き飛ばされ地へと堕ちる。

これで、おっぱいまで丸見えだ！

（天聖は、殺すしかない、いつものように奪えないって言っていたけど――）

だけどこの禁手化状態なら、神様とだって戦えるんでしょ。

（だったらできるはずだ――）

もしも天聖が、相手の生命力、すなわち能力を奪うというのなら。

（私は、リルベットさんの命ではなく、呪いだけを奪うことだってできる――！）

この考えは言葉にせずとも天聖に伝わっている。

「まさか、このおっぱいを目の前にして、できないなんて言わないよね⁉」

『まったくお前というやつは、だがそれでこそ二刀乳剣豪だ！』

私と、天聖と、エクス・デュランダル、一人と二刀とが完全に重なる。

「二天一流奥義《おうぎ》一番――」

閃《ひらめ》け、私の二刀。

届け、私の想い。

「――百花繚乱《ひゃっかりょうらん》！」

紅く輝く刃は、リルベットさんの胸を切り裂いた。

地面に降り立つと、彼女の身体に変化が起きた。

纏《まと》っていた邪悪なオーラが消え、召喚されたドラゴンたちも霧散する。

おそらく呪いだけを斬ることができたのだ。

しかしリルベットさんは膝を突いたまま微動だにしない。

「――あの時の、青い騎士が、リルベットさんだったんですね」

史文恭たちが神器《セイクリッド・ギア》にだけ目を向ける中、唯一私という人間を見てくれた人。

「忘れてて、ごめん」

私は彼女の傍《そば》に行くと、しっかりと謝罪をする。

「ずっと近くにいてくれたのに、今まで思い出すことができなくて」

青い騎士とは一度剣を交えた。

誇り高いこの人にとって、忘却されることは何より屈辱だったはずだ。

「本当に、ごめんなさい」

私にできることは頭を下げること。

そして言葉だろうと、剣だろうと、ちゃんと気持ちを伝えようとすることだ。

「……こんなわたしと、仲直りでもしたいのですか」

沈黙の末に、ようやくリルベットさんが口を開く。

「仲直りしたいよ」

ずっと喧嘩《けんか》しっぱなしなんて嫌だ。

「もっと一緒に、リルベットさんと学園生活を送りたい」

跪《ひざまず》いたままの彼女と目線を合わせるように私もしゃがむ。

「私があなたを傷つけた過去は消せない、それでももし許してくれるのなら」

諦めなければ可能性は無限大、そう信じて彼女に右手を差し出す。

「リルベット！」

これが私が変わる、私たちの関係が変わるかもしれない第一歩。

覚悟をもって告げる。

「――私と、友達になろう！」


―○●○―

「わたしの、負けだな」

教会の瓦礫《がれき》の山の上、隣に座ったリルベットが肩を落とす。

「しかしその右目……邪龍《じゃりゅう》の呪いが……」

エクス・デュランダルの刀身を鏡にすると、私の右目には複雑な紋様が浮かんでいた。

リルベットの身体に刻まれていたものと同じものだ。

しかし紋様が見えたのも束《つか》の間、何事もなかったように元の瞳に戻ってしまう。

「呪いを奪ったはいいけど、上手《うま》く放出できなかったみたい」

一度身体に溜《た》めた呪いの力は、天聖《Evolution》の能力で外部に出したが残ってしまったようだ。

しかも彼女から呪いも完全には奪えず、やはり未完成の禁手化なのだと痛感する。

「わたしのせいで――」

「でも、これでおそろいだね！」

重い口調の彼女に、思わず前のめりに言ってしまう。

「と、友達とおそろいって、ずっと憧れだったんだ」

それがたとえ呪いだとしても、私に後悔なんてまったくない。

「絶花……」

「え、私とおそろいって嬉《うれ》しくないですか？　う、うぬぼれてたかも……そもそも呪いはリルベットにとって忌《い》むべきものだから、まず喜んだりしちゃいけないわけで……」

「もういい。あなたには驚かされてばかりだ」

リルベットは本当に参ったと空を見上げてしまう。

「そういえば約束をしていた。決闘で敗北した以上はわたしの身は絶花のものだ」

騎士である彼女は律儀《りちぎ》にそれを果たそうとする。

「あの約束は別にいいよ」

「しかしそれでは――」

「勝負なんて、これからいくらでもするんだから、気にしてたらキリないよ」

納得できないという彼女に私は提案する。

「今度こそ、ちゃんとした約束をしよう」

真剣に彼女の眼《め》を見つめた。

「私は、リルベットからの決闘をいつでも受ける」

勝負にこだわる彼女だ、差し出すものとしては悪くないはずだ。

「その代わり、今度ピンチだったら私を頼って」

どんなことでもいい、困ったら私を頼ってほしいのだ。

富も、称号も、武勇伝も、何も要らない。

もっとかけがえのない、大切なものを私は知ったから。

「……やはり、絶花はわたしの英雄《ヒーロー》ですね」

「違うよ」

強く否定するのもあれだが誤解されては困る。

「私は、リルベットの友達だよ。

これは英雄譚《たん》ではない」なぜならヒーローよりもずっと近くに私はいるのだから。

「……そうか、だからあなたは強いのか」

なぜか腑《ふ》に落ちたような様子のリルベット。

それからしばらく彼女と他愛《たわい》のない会話をしていたところ。

「あー！　リルちゃんだ！」

「もう走れないっすよー！」

彼方《かなた》から傷だらけのアヴィ部長、ヘロヘロになったシュベルトさんが現れる。

良かった、信じていたとはいえ安堵《あんど》の息をついてしまう。これでみんな無事に——

「さすがは私の後輩、見事にやり遂げたようだね」

「ぜ、ゼノヴィア先輩⁉」

みんなに気を取られていると、私の直先輩がいつの間にか後ろに立っていた。

「やはり噂《うわさ》は噂だった。転校生は修羅でも魔王でもなかったらしい」

彼女は戦場となった一面と、私の傍にいる仲間たちを見てからそう言った。

「かといって、普通の生徒かというとそれも違う」

「なら、私は何者なんでしょう……？」

「そうだね。もしも素行調査に結果を書くことがあるとすれば――」

先輩は私の顔と、両手の剣と、傷だらけになった身体とを見て笑った。

「転校生はサムライガール、それで決まりだ」

私からエクス・デュランダルを受け取ると、颯爽《さっそう》とゼノヴィア先輩は背を向ける。

「あ、ありがとうございました！」

慌てて感謝を伝えると、先輩は軽く手を挙げて去って行く。

(なんて、格好いい人なんだろう)

今日の恩義は忘れない。先輩は断るかもしれないがいつか必ずお返しをします。

「アヴィ・アモン、シュベルトライテ……」

視線を戻すと、二人の仲間は既にリルベットの前にいた。

彼女はずっと俯《うつむ》いていたが、意を決したように口を開く。

「すまなかった！」

プライドの高いリルベットが深く頭を下げる。

「わたしは、わたしは——」

どうしても釈明せずにはいられない。しかしそれを遮ったのは二人の笑顔だ。

「謝罪は不要！　リルちゃんが無事ならそれで良し！」

「だいぶ無茶したんすよ？　掃除当番はしばらくリュネールさんっすからね！」

二人はそんなことはまったく気にしていない。

私と同じだ、リルベットのことを大切な人だと想《おも》っているから。

「みんな——……」

アヴィ部長は、ポケットの中をまさぐり、封筒を取り出す。

それは彼女が出していった退部届けだった。

「リルちゃんの気持ちは尊重したい。あたしは、あたしたちは、リルちゃんの選択であればどんな結果でも受け入れる」

その上でと語りかける。

「だからもう一度だけ聞かせて、リルちゃんはオカ剣から——」

アヴィ部長が言い切る前に、リルベットはその封筒を手に取った。

そして宙に放り、剣で木《こ》っ端微塵《ぱみじん》に切り裂いてしまう。

「我が名は英雄ダルタニャンが末裔《まつえい》、リルベット・D・リュネール！」

そしていつもの自信過剰な挨拶を放つ。

「最強の騎士を目指し、いずれ邪悪なる龍を討ち滅ぼす者！」

もう隠す必要もないと自分を誇る。やっぱりこの人はこうでないと。

「なんでも完璧！　剣も容姿も家事全般もわたしに欠点という欠点はない！」

それは……ちょっと誇りすぎているような気がするけど。

「と、思っていたのですが、どうやらわたしには、大きく足りないものがあったらしい」

彼女は笑顔で言った。

「わたしは、孤高であったゆえに、人というものをよく知らない」

そこに孤高こそが絶対と信じた少女はもういなかった。

「オカルト剣究部から一度退いた身で、不躾《ぶしつけ》なお願いをすることをどうか許してほしい」

月のようなゴールドブロンドが、夜空のもとで強く輝いた。

「わたしはあなたたちと、もっと青春をしてみたい――！」

New Life.

「――待ちやがれ、オカ剣！」

ある日の放課後、ミーナ先輩に追われる私たち。

「今日は特にしつこいねミーナちゃん！」

「なんで生徒会の僕まで！」

部長とシュベルトさんが血相を変えて叫ぶ。

私も急いで逃げるのだが、躓《つまず》いて転びそうになる。

「絶花！」

私の手を握って起き上がらせてくれたのは金髪の少女。

「リルベット、ご、ごめ」

「いいから逃げますよ！」

友達なんだから気にするな、彼女はそう表情を綻ばせて私の手を引く。

「あ、そうだ、そのリボン、似合ってるよ！」

「絶花がくれたものですから当然です」

いつもの青い髪留めは、この前の決闘で焼失してしまった。

だから私が代わりをとプレゼントしたが、どうやらさっそく着けてくれたらしい。

風に揺れる青い髪留めには、紅《あか》い刺繍《ししゅう》が刻まれている。

「二人ともあんまり喋《しゃべ》ってると捕まるよ！」

するとアヴィ部長から檄《げき》が飛んで来てしまい、私たちは互いの顔を見て苦笑した。

そうして学園中を奔走し、やっと部室へ着くと、全員が体力の限界だと倒れ込む。

「うぐぅ……お、重いっす……」

自分たち三人に押しつぶされた、一番下のシュベルトさんが苦しそうに呻《うめ》く。

私たちは肩で息をしながら移動して、四人全員が天井を見上げる仰向け状態となる。

「マジカル☆スウェット？」

もはやオカ剣の公式飲料となったそれが目の前に現れた……というか宙に浮いている。

「喉が渇いたんで。でも動くのメンドーなんで魔法使いました」

横に眼をやると、上体だけ起こし、ごくごくと喉を鳴らすシュベルトさんがいた。

どうやら全員分を倉庫から取ってきてくれたようだ。

「シュベルトライテ、学園で魔法は禁止だったはずでは？」

「いいじゃないっすか。リュネールさんだって隠れてドラゴンパワー使ってるし」

「わたしの場合は、能力制限下で、どれだけ力をコントロールできるかという……」

必死に訳を話そうとする彼女を見て、シュベルトさんは楽しげに笑っていた。

しかし実際のところ、リルベットの状況は甘くない。

いわゆる司法取引により恩赦を得たが、元テロリストとして能力には制約がかけられた。保有する資産も差し押さえられ、町の外に自由に外出することもできない。

それは、安否不明の妹を捜しに行くこともできないということで――

「これから償いをしていく。あの子に会うのはそれからです」

私の表情を見て、リルベットが優しい声音でそう発する。

そっか、そう決めたのなら、友達としては全力で助けるのみだろう。

それから私たちは、ありふれたお喋りをして――

「最近のミーナちゃんは特にすごいね！　今日は本当にやばかった！」

オカ剣は学園祭から変わらず、非合法組織として目を付けられていることを話す。

講堂のパフォーマンスも好評だったし、そろそろ新入部員の一人くらい現れたって……。

「あ、そういえば渡すの忘れてたっす」

シュベルトさんがおもむろに懐《ふところ》に手を入れ、一枚の紙切れをアヴィ部長に渡す。

一体何だろうと、私とリルベットが覗《のぞ》き込むと。

「「「入部、届け……？」」」

オカルト剣究部、シュベルトライテ、という文字が書いてある。

「ここまで来たら、はいさようならは無理っすよ」

彼女はそっぽを向きながら照れくさそうに頬をかく。

「入部動機はノリっす。生徒会と掛け持ちですけど……それでもよければ」

私たち三人は顔を見合わせて頷《うなず》いた。

「「「もちろん！」」」

私は思わずシュベルトさんの手を握る。

「シュベルトさん！　ありがとう！」

「な、なんすか急に、言っとくっすけど、宮本さんの監視は継続ですからね」

「うん。どんどん監視して。ただ私のおっぱいを見たら……」

「なんで殺気出してんすか？　見たらマジで殺されるんですか？」

やっぱり退部しようかと焦《あせ》るシュベルトさんである。

でもこれで、部員が四人揃《そろ》ったということ。

オカルト剣究部は、ついに正式な部として認められるわけである。

「――おめでとさん」

するとタイミングを計ったように、携帯を構えたベネムネ先生が現れた。

どうやらカメラ機能を使っているらしく、レンズを私たちへと向けている。

「せっかくだ、記念撮影してあげるよ」

オカルト剣究部、正式発足の一枚である。

「絶花ちゃん！　リルちゃん！　シュベちゃん！」

絶対に良《い》い写真を撮るんだとアヴィ部長が飛びかかってくる。

「ちょ。押さないでください！　これじゃあ盛れないっす！」

「ぜ、絶花、おっぱいを揉《も》むのは、その、帰ってから二人きりの時に……」

「触ってない！　二人っきりでも触らないけど！」

私たちは地面に倒れ込んで、もみくちゃのひどい有り様である。

「っふふ、これもオカ剣らしいさね」

先生は構わずシャッターを押す。

後から見せてもらった写真は、初めての集合写真としてはひどい出来だった。

それでも私にとって、この一枚は宝物になる。

忘れることのない、大切な、大切な思い出として――

改めて駒王学園《くおうがくえん》に転校してきてからの日々を思い出す。
憧れた普通の日々とはかけ離れているかもしれない。
やっぱりまだ苦手なおっぱいに振り回されることもある。
でも、私はこれでいいんだ。
大好きな皆と、これからもジュニアハイスクールを謳歌《おうか》したい。
「――これが、私の青春だ」

あとがき（東雲立風《しののめりっぷう》）

はじめまして、東雲立風《しののめりっぷう》と申します。

この度『ハイスクールD×D《ディーディー》』のスピンオフ作品として、『ジュニアハイスクールD×D』を執筆させていただきました。

本シリーズで舞台となるのは駒王学園《くおうがくえん》中等部。最強の剣士を目指す少女たちの、ちょっとエッチでちょっと命がけな、学園きらきらバトルファンタジーです。

「JD×D」本編の時系列は、原作一〇巻（『学園祭のライオンハート』）／テレビアニメ第四期（『ハイスクールD×D HERO』）直後としています。

原作小説とテレビアニメ――両方あるいは、どちらか一方だけのファンという方であっても、読んでいてニヤリとするような、懐《なつ》かしいと思えるような作品にすることを、今回は目標の一つとしました。

もちろん「D×D」をよく知らないという読者にも、楽しんでもらえるようにと物語を編んでいます。もしも「JD×D」を少しでも面白いと感じていただけたら、是非とも原作「D×D」シリーズを手に取ってみてください。きっと夢中になります。

僕は現代学園ファンタジーで育った人間です。

「D×D」と出会ったのは、小学六年生の時だったと記憶しています。

数ある現代学園ファンタジーの中でも「D×D」は本当に大好きでした。

そして同時に、いつか自分もこんな物語を作れたらと、作者への強い憧れも抱きました。

――ラノベ作家になる。

僕がその夢を持てたのは、イッセーやリアスたちの存在があったからこそです。

自分にとって「D×D」は教本であり、希望であり、青春そのものでした。

作家デビューが決まったのは一八歳の時。

当時の担当編集さんに頼み込み、KADOKAWAの新年会で、石踏《いしぶみ》先生とみやま先生にサインをもらいに行きました。

豪勢な食事とか、豪華なビンゴとか、そんなのはどうでもよくて、ただページ越しにずっと憧れ続けた人たちに会ってみたかった――深い理由はなく、自らの想《おも》いをぶつけたいという感情任せのバカな行動です。

お二人のサインが入った「D×D」第一巻は、今や家宝となっています。

聞くところによると、そんな数年前の出来事がきっかけとなり、今回のスピンオフの話が僕のところにきたそうで……たまにはバカな行動をするのも悪くないなと思ったり。

本作はそんな「D×Dが好きだ!」という気持ちだけで書かれた一作になります。

それでは、ここで謝辞を。

石踏先生、みやま先生、『ハイスクールD×D』という作品を生み出してくださり、本当にありがとうございます。ご一緒にお仕事ができてとても光栄でした。

担当してくれた編集T氏と編集M氏、スピンオフを企画してくれたことから、迅速で的確なフォローまで、助けられてばかりだったことに頭が上がりません。

応援してくれた家族や友人たち、仕事が落ち着いたらご飯にでも行きましょう。

最後に「D×D」ファンの皆様、この「JD×D」は僕の力だけでは誕生しなかった物語です。「D×D」を愛する人がたくさんいたからこそ紡《つむ》ぐことができました。これからもイッセーの王道を共に追いかけましょう!

こんなにも楽しく、こんなにも大変だった執筆は初めてでした。
ああすればよかった、こうすればよかった、そんな風に振り返ることもあります。
それでも、絶花は駒王学園の門をくぐった。
ならきっと大丈夫、この学園には、多くの頼りになる先輩や先生がいるのだから。

かつて僕が「D×D」と出会い夢を見たように。
絶花の青春が、幸せに溢《あふ》れたものになることを心から願います。

二〇二四年四月吉日　東雲立風

あとがき（石踏一榮）

お久しぶりです。石踏一榮《いしぶみいちえい》です。

『ハイスクールD×D』の新たなスピンオフ作品『ジュニアハイスクールD×D』がこの度刊行となりました。

著者さんは東雲立風さんという若い作家さんです。

「ファンタジア文庫35周年記念とハイスクールD×D15周年に合わせて、何かやりませんか?」と、編集部から提案されまして、新しいスピンオフ小説の企画が立ち上がり、この『ジュニアハイスクールD×D』の誕生に繋《つな》がりました。

この作品の私の立ち位置は、原案、（設定、世界観）監修と、プロデューサー的な役割となっております。オリジナルのキャラなどは東雲さんにお任せしております。

色々と試行錯誤したこともあり、絶花をはじめ、『ジュニアハイスクールD×D』のキャラは本編の世界観や設定に馴染《なじ》んでいると思われます。

主人公が女の子ということで、その点でもD×D世界では、初めての試みです。D×Dの世界観に新鮮な刺激を与えてくれることでしょう。

原稿が上がってくるまで、私以外の作家がD×Dの小説を書くことに最初は不安もありましたが、出来上がった初稿を読んで非常に安心した覚えがあります。

私の文体に近づけて頂けたことが一番の驚きでもありました。

小学生の頃にD×Dに出会ったという若い作家さんが、書くことになり、色々と感慨深いものがあります。若いからこその勢いとフレッシュさがD×Dの世界観に新たな血を入れてくれているように感じました。……そういう風に思えてしまうほど、私も歳《とし》を経たんだなぁと。

東雲さんの印象は、出版社のパーティーで「ファンです！」とご担当の編集さんと共にお会いしたのを覚えております。サインをしたことも記憶に残っています。まさか、あのときのお若い作家さんがこの作品を書くことになるとは、縁とは面白いものです。

駒王学園の中等部が舞台ということで、その辺りの設定がまだ本編でも多く語られていなかったのもあり、今回の作品で掘り下げて頂けるのは（私も監修しているとはいえ）非常にありがたいことです。

東雲さんには、何度も本編の小説を読み込んで執筆に取りかかって頂けたとのことで、とても心強く思います。16年の歴史もあり、私の記憶がおぼろげになってきたところもあって、あらためて『ハイスクールD×D』というものに対して見つめ直すことが多かったです。

イラストもみやま零《ぜろ》さんがご担当されるということで、その辺りはファンの方も安心して頂けることでしょう。リアスをはじめ、本編のキャラも登場しますので、イラスト化が楽しみですね。


私の近況ですが、長引く体調不良でいまだ治療と療養をしておりますが、『真ハイスクールD×D』と『堕天の狗神 -SLASHDØG-』の原稿はゆっくりとですが、進んでおりますので、もう少しだけお待ち頂ければ幸いです。

……ネタ切れというわけではありませんので、本当にその点だけはご安心ください。ちゃんと先の先まで担当の編集さんと話し合っておりますので。

『ジュニアハイスクールD×D』がこのあとどのように展開していくのか、私も原案、監修者として、読者の期待に応えられるように励んでいければと思っております。
さてさて、絶花はＤ×Ｄの世界で今後どのように駆け抜けていくのか。
私もいち読者として非常に楽しみです。

富士見ファンタジア文庫

ジュニアハイスクールD×D
転校生《てんこうせい》はサムライガール

令和6年5月20日　初版発行

著者――東雲立風《しののめりっぷう》
原案・監修――石踏一榮《いしぶみいちえい》

発行者――山下直久
発　行――株式会社KADOKAWA
〒102-8177
東京都千代田区富士見2-13-3
0570-002-301（ナビダイヤル）
印刷所――株式会社暁印刷
製本所――本間製本株式会社

ISBN978-4-04-075270-9 C0193　◇◇◇

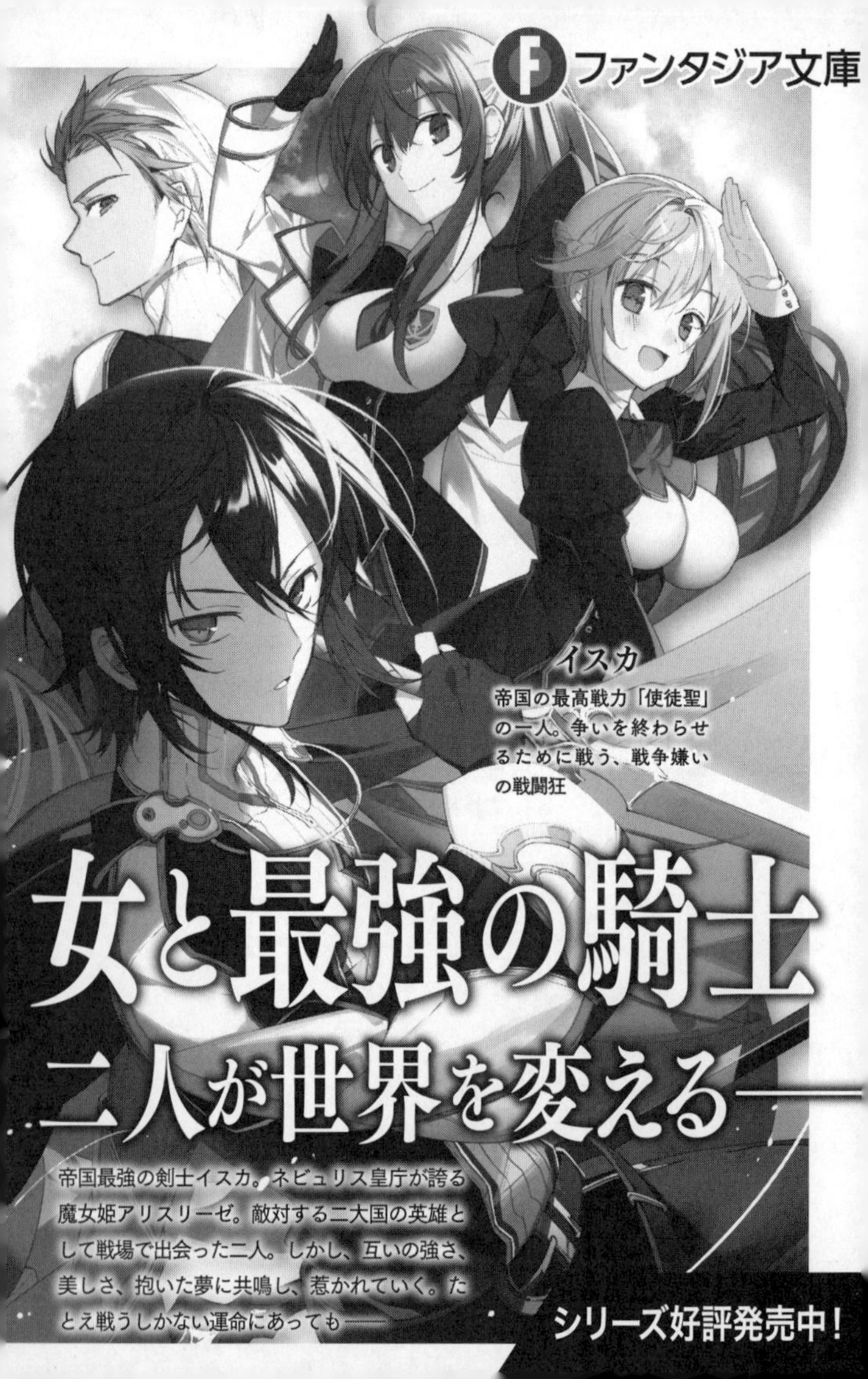
ファンタジア文庫
イスカ
帝国の最高戦力「使徒聖」の一人。争いを終わらせるために戦う、戦争嫌いの戦闘狂
女と最強の騎士
二人が世界を変える――
帝国最強の剣士イスカ。ネビュリス皇庁が誇る魔女姫アリスリーゼ。敵対する二大国の英雄として戦場で出会った二人。しかし、互いの強さ、美しさ、抱いた夢に共鳴し、惹かれていく。たとえ戦うしかない運命にあっても――
シリーズ好評発売中！

細音啓が紡ぐ新たなるヒロイックファンタジー
細音啓
イラスト
猫鍋蒼
キミと僕の最後の戦場、あるいは世界が始まる聖戦
the War ends the world / raises the world
アリスリーゼ
帝国と対立しているネビュリス皇庁の第２王女で強力な氷の星霊を使う「氷禍の魔女」
至高の魔
敵対する

じつは義妹《いもうと》でした。

～最近できた義理の弟の距離感がやたら近いわけ～

勘違いから始まる
兄妹いちゃラブコメ！

親の再婚で、俺の家族になった晶。美少年だけど人見知りな晶のために、いつも一緒に遊んであげたら、めちゃくちゃ懐かれてしまい!?　「兄貴、僕のこと好き？」そして、彼女が『妹』だとわかったとき……「兄妹」から「恋人」を目指す、晶のアプローチが始まる!?

白井ムク

イラスト：千種みのり

ファンタジア文庫

僕、兄貴のこと
すっごく好きだよ！
シリーズ
重版続々
大ヒット
発売中!!